AF580561

La Dernière
Nephilim
2
LE RIVAL

Charlize Wilson

Ce livre contient des scènes de sexe destinées à un public averti et majeur.

Ce livre est une fiction. Les personnages et les situations de ce récit étant purement fictifs, toute ressemblance avec des personnes ou des situations existantes ou ayant existé ne saurait être que fortuite.

Photo de couverture : depositphotos

Design de la couverture : Mélanie Wency

Design du titre : Ambrose V. Thorn

Correction : Loïc Le Jalu (LJL Translations)

Dépôt légal : février 2023

ISBN : 978-2-9580275-9-9

À toutes les adeptes de Pim's framboise,

Chapitre premier

Face à moi, dans l'encadrement de la porte, se tenait une imposante créature céleste. Ses épaules touchaient le cadre. L'ange me toisait de toute sa hauteur, une lueur dangereuse brillait dans son regard noir comme la nuit. Un sourire carnassier s'imprima sur ses lèvres — terriblement sensuelles. J'évaluai mes chances de lui échapper en lorgnant sa musculature parfaite, exposée telle une statue grecque.

— Ôte-toi de mon chemin, exigeai-je d'une voix inflexible.

— Sinon quoi ?

Le déchu pencha la tête sur le côté, et ma déesse intérieure s'imagina goûter sa gorge du bout de la langue. *Ne le touche pas !*

— Sinon, je vais être en retard au travail. Comment je vais t'entretenir si on m'enlève une journée sur mon salaire ?

— Je peux survivre de sexe et d'eau fraîche.

Je manquai de m'étouffer avec mon prochain argument. Oh ! Je pourrais sans doute m'en contenter aussi. Son haussement de sourcil provocateur me donna envie de balancer mon sac et de lui sauter dessus. Je résistai, malgré la promesse de plaisir matinal.

— Ce n'est pas très vertueux de jouer avec mes faiblesses. Allez, sois sympa, mets un boxer avant que la voisine ouvre la porte et tombe sur ton petit cul à croquer.

Ce vil tentateur se tourna de sorte à m'offrir une vue imprenable sur son postérieur. Rah ! Je me mordis les doigts pour éviter de pincer la fesse qui me narguait sans gêne.

— Nath, s'il te plaît.

— J'aime quand tu utilises ce ton suppliant, susurre-t-il.

Il ne bougea pas lorsque je me faufilai entre son corps et le bâti de porte. Ma poitrine frotta contre son torse. Heureusement, j'eus la présence d'esprit de retenir mon souffle pour éviter de respirer son parfum de mâle mêlé à mon gel douche à la coco. C'était divin. Ma déesse manifesta à nouveau son envie de le lécher. C'était quoi ces manières ?

— Et si je te rejoignais après ta réunion pour décompresser ?

Ce traître me coinça et pressa tout son attirail affriolant contre mon ventre. *Au secours !* J'allais succomber ! Je plaquai mes mains contre son derrière, comme si ce geste pouvait le dissuader de poursuivre. *N'importe quoi !* Ce fut tout le contraire. Je me retrouvai prisonnière de ses iris onyx, dans lesquels étincelaient une multitude d'étoiles.

— Où ? couinai-je.

— Comme tu préfères… la salle des archives ou le bureau du directeur ?

Oh ! Ma bouche s'assécha. J'humidifiai ma lippe avec ma langue ; l'ange émit un grognement qui vibra dans ma poitrine.

— Il doit avoir un grand bureau.

— Sur lequel je te ferai le plus grand bien.

— Mon Dieu...

— Tu peux m'appeler Nathanaël.

Cette réplique me fit rire.

— Le bureau du directeur général, alors.

Je n'en revenais pas d'oser cette option.

— Tes désirs sont des ordres.

— Je n'ai pas terminé.

— Ah oui ?

— Fais-moi le plaisir de porter une cravate.

Je déposai un baiser sur ses lèvres charnues puis claquai ses fesses avant de m'éclipser, les joues en feu. Depuis que son âme m'appartenait, faisant de moi sa maîtresse, il comblait mes appétits de nephilim. Il savait aussi comment les éveiller, chasser mes pensées rationnelles pour être l'objet de tous mes désirs. Si ma réunion n'était pas décisive pour le projet sur lequel je travaillais, j'aurais succombé à ses avances.

Je traçais toujours mentalement les contours de ses muscles saillants dans l'ascenseur menant à l'étage de la production. À peine sortie, un mug fumant apparut sous mon nez.

— T'es prête ? attaqua Estelle.

— Pas autant que toi, apparemment.

Je libérai les mains de ma meilleure amie et humai la douce odeur du café chocolaté. Elle agrippa mes épaules, puis les massa, tel un entraîneur de boxe avec son champion.

— Debbie, les éditions comptent sur toi.

— Ce n'est pas un peu exagéré ?

— *Je* compte sur toi.

— Là, c'est plus honnête.

— Tu as ta dose de macchiato, tu vas tout déchirer.

— Oui, mais mon ange n'a pas eu le temps de me servir son petit déjeuner spécial.

Son expression se décomposa. Estelle leva les yeux au ciel et pesta contre mon petit ami.

— Je t'avais dit de ne pas l'épuiser hier soir et de tout donner ce matin !

— T'inquiète, c'est dans cette réunion que je vais dépenser toute mon énergie. Ils vont adopter notre processus de production, j'en suis sûre. On gagnera du temps à l'automatiser. Ça t'évitera de faire la mise en page inutile, et on pourra passer plus de temps à la machine à café !

— Ton chef pourra nous aiguiller sur la meilleure du bâtiment.

Il avait sans doute déjà commencé sa tournée des bureaux, à lever son gobelet et à prendre une gorgée après chaque salutation. C'était son rituel du matin, puis il s'entêtait à me donner les détails de la nuit de ses enfants, de ceux qui me rappellent pourquoi je prends une contraception.

— Bon, allez ! Souhaite-moi bonne chance.

— Ce n'est pas de la chance dont tu vas avoir besoin, poulette, mais de talent.

J'étais douée dans mon domaine professionnel — et pour les galipettes sous la couette —, mais je ne possédais pas l'aisance d'Estelle devant un auditoire. Je n'allais pas prier d'obtenir une aide divine aujourd'hui, de crainte d'activer le sixième sens angélique de mon paternel et de le voir faire irruption pendant mon argumentaire. La réunion a été bien préparée et validée par ma collègue, il n'y avait aucune raison de voir mes plans tomber à l'eau.

— Tu me raconteras comment est notre nouvelle grande manitou du service.

— J'avais oublié qu'elle prenait son poste aujourd'hui.

— D'après Tom, elle aurait des goûts vestimentaires douteux. Et selon Anna, le remplaçant du PDG est à se damner.

— Ah ? Dire que Nathanaël et moi comptons baptiser son bureau, si tu vois ce que je veux dire... ça lui portera peut-être chance ?

— Vous allez faire *quoi* ? couina-t-elle, la bouche restée ouverte.

Son air de nonne effarouchée ne trompait personne.

— Finalement, c'est *ça* que tu devras me raconter, dans les moindres détails. À moins que je vienne mater par le trou de la serrure ? ajouta-t-elle en faisant mine de réfléchir. Les cloisons ne sont pas en verre ?

— Non, mais on a une très jolie vue sur la ville grâce aux immenses baies.

— C'est Hariel qui va être content s'il traîne sur le toit du bâtiment d'en face, ricana Estelle.

— Pourquoi il serait posté là-haut ? J'espère qu'il ne s'amuse pas à jouer les anges gardiens, j'ai bien assez de mon père et de Nath...

— Ne sois pas si égoïste et partage un peu, allons. Je crois que c'est moi qu'il surveille. Ce n'est pas la première fois que je le repère dans mon sillage.

Je fronçai les sourcils.

— Ça dure depuis longtemps ?

— Depuis la fête de fin d'année. Soit ma nature de Faucheuse l'inquiète, soit il a un faible pour mes jolis yeux, glousssa-t-elle en secouant les épaules et, par extension, son décolleté.

— Je penche pour la première option.

— Le stress te rend vexante, bouda ma meilleure amie.

— Désolée, j'ai juste fait preuve de pragmatisme, connaissant l'animal. Tes yeux sont superbes.

Estelle m'adressa un sourire aguicheur, avant de frapper dans ses mains et de me presser à prendre le chemin de la salle de réunion. En bonne coach, elle m'accompagna jusqu'à la porte et leva les pouces en guise d'ultimes encouragements. Je pris une grande inspiration, puis entrai dans la pièce encore vide et installai mes affaires : mon PC portable connecté au vidéoprojecteur, mon dossier posé à sa gauche et mon carnet de notes à droite. J'ajustai la robe conseillée par Estelle la veille, replaçai la ceinture sous ma poitrine et testai la stabilité de mes talons.

J'attendis une éternité avant que mes collaborateurs ne daignent me rejoindre. Un sourire plaqué sur mes lèvres, je les saluai et échangeai quelques mots avec mon chef, armé de son énième café.

— Bonjour, bonjour ! Tout le monde est là ? Je peux fermer la porte ?

J'avisai la dernière arrivée, un petit bout de femme engoncée dans une robe avec des froufrous et des lunettes démodées. Ses cheveux mi-longs décoiffés donnaient l'impression qu'elle sortait du lit. Son sourire était encore plus exagéré que le mien ; je m'avouai vaincue face à son expression presque béate.

— Oui, nous sommes au complet, répondis-je.

Au moment où elle poussa le battant, je vis un visage inconnu se présenter et prendre la porte au nez. *Clac !*

— Oh ! Monsieur Leroy ! s'exclama ma responsable.

Bam ! La porte s'ouvrit brusquement et rencontra le mur avec violence.

— Toutes mes excuses. Debbie pensait que nous étions tous là.

J'adressai un sourire navré à l'invité surprise, qui me toisa de toute sa hauteur. L'homme était imposant dans son costard haut de gamme. Il dégageait une aura froide et magnétique. Sans mon lien avec Nathanaël, ma déesse intérieure ferait du lèche-vitrine, voire roucoulerait pour attirer l'attention de ce mâle dans la quarantaine. D'ailleurs, je n'étais pas la seule à baver sur notre collègue.

— Je ne figurais pas sur la liste des conviés, mais je suis curieux de rencontrer ceux qui font ma société.

Mon cœur manqua un battement dans ma poitrine. Le PDG participait à ma réunion. Je ne devrais pas me sentir intimidée, habituée à vivre auprès d'un archange déchu, mais cette présence n'arrangeait pas mon niveau de tension.

— Je vais vous chercher une chaise, réagis-je sous les regards tournés dans ma direction.

— C'est inutile. Vous pouvez commencer, Debbie.

Sa voix grave et profonde souffla sur les braises de mon désir. La manière dont il prononça mon prénom me fit frissonner. Cet homme n'était pas un incube, mais il en possédait le charme et l'attractivité. Après une claque mentale, je revins sur Terre et aux éditions Educatio, mes futures pauses café dans le viseur.

— Bien. Bonjour à tous ! Si je nous ai réunis de si bon matin, c'est pour vous exposer une solution qui va nous permettre d'arriver plus tard au bureau... ou de monter en compétences et confier de nouvelles tâches à vos collaborateurs, corrigeai-je avec un air conspirateur alors que le grand patron penchait la tête sur le côté.

J'enchaînai sur mes explications à coups de schémas et de mises en situation, de démonstrations et de tableaux récapitulatifs. Les chiffres défilèrent sur l'écran, des gains de temps et d'argent, de la valeur ajoutée pour les rédacteurs et pour les clients. Une gorgée d'eau fraîche ponctua cette présentation soignée et élaborée par Estelle.

— Grâce à cette rationalisation et l'ajout de ces métadonnées, nous estimons gagner une demi-journée de production. Ce qui permettrait un envoi à l'imprimeur plus rapide ou un assouplissement du planning pour la remise des manuscrits.

Un silence accueillit mes paroles enthousiastes. La seule à afficher un large sourire fut ma nouvelle responsable, alors que mon chef continuait à gribouiller sur son cahier.

— Vous avez des questions ? osai-je, cachant mon dépit.

Je ne m'attendais pas à une *standing ovation*, mais un minimum ! Une des rédactrices en chef se redressa sur sa chaise, signe de son envie de s'exprimer, puis me jeta en pleine figure :

— Cette idée est prometteuse, mais nos rédacteurs sont déjà surchargés, vous savez. J'ai peur que l'ajout de ces nouvelles fonctionnalités demande davantage de temps.

— Je comprends, mais ces dix minutes supplémentaires solutionneront des problèmes en amont, ce qui fluidifiera tout le processus de production.

— Elles affectent surtout votre service, si on regarde de plus près.

Face à son sourire suffisant, je me mordis l'intérieur de la joue et ravalai ma réplique acerbe. Comme si *nous*, nous n'étions pas sous l'eau, à respirer grâce à une paille pour deux.

— Nous sommes une chaîne, et le service de production forme le dernier maillon, rappelai-je avec légèreté. Il ne s'agit pas seulement de gagner du temps, mais de résoudre des failles dans le processus qui vous seront bénéfiques aussi. Nous souhaitons corriger les erreurs qui freinent vos équipes et inondent nos boîtes mail. Tout le monde sera gagnant.

— Et pourquoi vous ne les réglez pas avant de développer tous ces ajouts complexes ?

Complexes ? Il leur suffisait de sélectionner les bonnes métadonnées dans un menu déroulant !

— Parce que nous avons besoin de tout le *package* pour ce faire.

— Mh. Qu'en pensez-vous ? demanda-t-elle à ses égaux.

— Je ne suis pas contre la résolution de tous ces problèmes, mais le service de production devrait prendre en charge l'ajout des métadonnées. Il maîtrise son sujet, apparemment.

Heureusement que mon assemblée se désintéressait de moi, car mon regard trahit mon envie de secouer ce responsable en lui hurlant au visage. Le pire ? Les autres approuvèrent son idée pourrie. Après une inspiration, je relevai la tête et repris la parole :

— Nos équipes sont également sur les rotules, nous ne...

Un toussotement de ma nouvelle cheffe me coupa dans mon élan. Elle dardait sur moi un regard prévenant et maternel, comme si elle me témoignait trop d'affection pour me laisser tomber dans la boue. En réalité, elle ne devait pas souhaiter salir son poste.

— Debbie va travailler jusqu'à trouver le procédé qui vous conviendra. N'est-ce pas, Debbie ?

J'ouvris la bouche, mais elle n'attendit pas ma réponse.

— Au fait, vous voulez du thé ? J'ai fait infuser plusieurs fois ces feuilles en provenance de l'autre bout du monde. Il faut que vous goûtiez ça. C'est du grand cru !

L'équipe montra un engouement sans précédent envers cette proposition saugrenue. *Je suis passée dans une autre dimension.* Bouche bée, je fixai Marielle servir le thé, mettant fin au débat. Sans surprise, mon chef reçut la première ration en se félicitant d'avoir gardé son gobelet. Quand vint mon tour, l'usage de ma langue n'était toujours pas rétabli. Je la remerciai d'un sourire aussi grotesque que ses énormes bagues en forme de fleurs. Le PDG, témoin de mon échec cuisant, avait profité de la diversion pour s'éclipser.

La suite de la réunion ressembla à un cauchemar. Nous passâmes le dernier quart d'heure à échanger nos impressions sur le thé, sans revenir au sujet qui m'intéressait. Mes collègues désertèrent la salle, et je restai interdite, telle une potiche.

— Tu auras essayé, m'encouragea mon responsable.

— Ouais. Merci de ton soutien.

Il ne remarqua pas mon ironie, pourtant piquante. Après m'avoir félicitée pour mes efforts, il m'abandonna à ma déception. Je rassemblai les feuilles volantes, recomposai mon dossier, qui s'échouerait sur la pile des projets avortés, puis débranchai mon ordinateur. Le gobelet de thé infect termina dans la poubelle, avec mes ambitions de promotion. Il me faudrait discuter avec Nathanaël, qu'il prenne un emploi pour m'aider à payer les dépenses, car le déchu faisait de sacrés trous dans mon budget. Ma déesse intérieure approuva l'image de l'archange dans un costard sexy, mais je l'imaginais plutôt se tourner vers une carrière militaire ou de mercenaire. Garde du corps serait parfait pour ses compétences et sa nature, mais je ne souhaitais pas qu'il garde un autre corps que le mien. Oui, je voulais l'argent du beurre et le cul de la crémière.

— Laisse-moi deviner...

La voix d'Estelle me tira de mes pensées défaillantes.

— On va devoir le faire à leur place, continua-t-elle, une fois mon attention captée.

Je soupirai, frustrée.

— Allez, viens. Cette poubelle ne pourra rien pour toi, et je te rappelle que tu es attendue dans le bureau de monsieur le directeur. On m'a demandé de te passer le mot, roucoula Estelle.

Pendant combien de temps avais-je contemplé les restes de thé couler sur le sac noir ? Assez pour inquiéter Estelle, en tout cas.

— Heureusement, ça va rattraper ce début de journée catastrophique.

— Je te débarrasse. Je dépose tout sur ton bureau. Amuse-toi bien !

Je souris à mon amie, avant de la suivre jusqu'aux ascenseurs. Nous montâmes ensemble et nous installâmes contre le miroir du fond. J'appuyai d'abord sur le bouton de notre étage, puis sur celui de ma destination. Estelle descendit, et je m'envolai vers le septième ciel, ou plutôt le septième étage. J'eus à peine le temps de passer ma main dans mes cheveux que les portes s'ouvrirent. Mon désir enfla au fur et à mesure de ma progression. Une douce chaleur se répandit dans mon corps, si irrésistible que j'accélérai. Ma main droite actionna la clenche de la poignée pendant que la gauche ôtait un bouton au décolleté de ma robe.

Telle une reine dirigeant son royaume, je pénétrai dans le bureau, déterminée à me lancer dans un débat avec mon ange pour déterminer lequel de nous deux était le plus dévergondé.

— Je suis prête pour ma promotion cana...

Seigneur ! Non. *Non non non !*

— ... pé ? murmurai-je, rouge de honte.

L'homme assis sur le large fauteuil en cuir n'était pas Nathanaël. L'œillade que m'adressa le nouveau directeur fut indéchiffrable, un mélange de dureté et d'amusement.

— Fermez la porte, Debbie.

— Oui, monsieur.

Si j'avais toujours le collier de Hariel, j'aurais activé son pouvoir afin de me réfugier au paradis. Quelle idiote ! Le mécanisme de la porte claqua, et je détestai l'état dans lequel je me trouvais, mi-excitée mi-confuse. Une fois installée face à mon patron, je levai le nez pour l'affronter.

Je vis scintiller une touche de concupiscence dans ses iris bleus, comme un ciel d'orage.

À quelle sauce allait-il me manger, exactement ?

Chapitre deux

— Je vous prie de m'excuser pour cette entrée… cavalière. L'issue de la réunion m'a rendue nerveuse, tentai-je de m'expliquer. Vous avez demandé à me voir ?

Estelle ignorait que la demande venait de notre hiérarchie, elle ne m'aurait jamais fait un coup pareil.

— Oui, je souhaitais m'entretenir avec vous. Mais je me demande, vous aviez des *habitudes* avec mon prédécesseur ?

La question qui tue. Avec un peu de chance, j'allais mourir de honte, et la Faucheuse me sortirait de cette situation encore plus gênante que de se faire choper par son père angélique en plein câlin. Je secouai la tête.

— Aucune.

Sinon, mon poste aurait été revalorisé à chaque bénédiction offerte par ma nature lorsque je m'envoyais en l'air. Comme les incubes et succubes, mes partenaires gardaient de très bons souvenirs de nos ébats et, contrairement aux enfants de démons, ils ne souffraient pas d'un vieillissement précoce à cause de la perte d'énergie vitale.

— C'est la première fois que je m'assois sur cette chaise. Je ne suis pas ce genre de femme.

Mon patron médita quelques secondes ces paroles. Il ne sembla pas convaincu, ce qui blessa mon orgueil. Cependant, après ma petite démonstration, ses doutes s'avéraient légitimes.

— Je vois. J'aimerais que nous revenions sur cette réunion. Les rédactions sont-elles toujours aussi réfractaires au changement ? Vous pouvez me le dire sans détour.

— Disons qu'elles l'acceptent, à condition que les modifications n'exigent pas une implication importante de leur part.

Les mains entrecroisées, le directeur hocha la tête et tapota ses lèvres à l'aide de ses index.

— Vous allez changer votre angle d'attaque. Il est nécessaire d'optimiser la production pour rester leader sur le marché. La concurrence est rude, mais je vais l'écraser, dit-il avec une conviction indiscutable. Je veux que vous mettiez en place ce nouveau fonctionnement. Vous me ferez des points d'avancement, avant de le leur soumettre.

Je ne m'attendais pas à être chaperonnée par le big boss. Devais-je accepter cette opportunité ? S'il s'en agissait bien d'une, par ailleurs.

— Je peux vous poser une question ? Pourquoi vous ne confiez pas cette responsabilité à un de mes supérieurs ? demandai-je, l'autorisation accordée.

— Ils ne seront pas un problème, si c'est votre inquiétude.

Un peu, mais ce n'était pas exactement la réponse que j'espérais. Mon grade ne méritait pas toute cette attention, mais je soupçonnais Leroy de subir les effets de mes charmes de nephilim sur son organisme. C'était gênant. Tous les humains ne réagissaient pas de la même manière, mais aucun ne restait insensible si je le désirais. Là, avec l'excitation de retrouver Nathanaël pour une séance de défoulement, ma déesse intérieure aguichait mon interlocuteur.

— Je vous réserve un créneau dans mon agenda, enchaîna-t-il en déverrouillant son ordinateur. Fin de semaine.

L'intonation de sa voix n'appelait pas à la négociation. Cette *deadline* était serrée, trop juste pour aborder mon sujet sous un autre point de vue. J'étais bonne pour un paquet d'heures supplémentaires !

— D'accord. Je vais m'y mettre sans plus attendre, alors.

Un simple hochement de tête me libéra de cette entrevue. Je me levai, puis me dirigeai vers la sortie. Le regard d'acier de mon patron me brûla la nuque, avant de couler le long de ma colonne vertébrale jusqu'à mes fesses. J'ignorai la sensation si prononcée, si réelle, comme si le bout de ses doigts s'enfonçait dans mon dos. De toutes mes forces, je rejetai cette caresse indécente. Le seul qui pouvait se la permettre était mon ange déchu.

— Bonne journée, monsieur, conclus-je cette discussion silencieuse des corps.

En refermant la porte, je crus déceler de l'aigreur dans son regard, avant de remarquer son sourire en coin, qui rappelait la satisfaction d'un mâle face à un défi.

Finalement, le dernier étage se rapprochait du septième cercle de l'enfer plutôt que du nirvana. Je descendis par les escaliers, pour recouvrer mes esprits, et rejoignis mon bureau dans l'*open space*, presque vide. Mon PC portable posé sur son socle, j'ouvris ma boîte mail et cliquai sur l'invitation de mon patron, sans l'accepter. Je clignai plusieurs fois des paupières afin d'être certaine de lire correctement l'heure et le lieu de rencontre choisi. Dans mon champ de vision, je vis Estelle s'approcher, en quête de potins croustillants.

— Déjà ? s'étonna Estelle. Je le pensais plus endurant, ton ange.

— Il m'a invitée à déjeuner.

— C'est la moindre des choses !

— Je parle de Leroy. Notre nouveau boss.

— Quoi ? Attends, j'ai loupé un épisode ?

— Tu n'as pas regardé dans le trou de la serrure? la taquinai-je.

Je lui racontai mon entrée légendaire, ainsi que les tenants et aboutissants de notre conversation. D'abord, Estelle ne cacha pas son amusement, puis elle exprima sa méfiance vis-à-vis de cette réunion extérieure.

— Comment veux-tu que je me défile ? Tu sais combien de kilos de pâtes mange un archange ? Je ne peux pas perdre ma place. Et je ne peux pas refiler le projet à mon chef, il trouvera le moyen d'alourdir notre charge de travail.

— Et de te confier le boulot en retournant ton côté perfectionniste contre toi. Si tu ne le sens pas, je peux t'accompagner et réduire ses années de vie au moindre comportement à la *Mister Grey*.

— Non, je vais gérer ça. C'est de ma faute, ou plutôt celle de Nathanaël. J'étais tout émoustillée, là. Ma déesse faisait le cabri juste sous son nez. Je vais accepter, dis-je en cliquant sur le bouton d'envoi, mettre les choses au clair si notre rendez-vous se transforme en rancard et en profiter pour goûter le menu dégustation de ce restaurant trois étoiles.

Autant nourrir mes autres appétits et flirter avec le péché de la gourmandise ! J'avais déjà celui de la luxure dans les veines grâce à mon héritage angélique — merci, Pap's !

— Avec un bon verre de vin, ce serait dommage de s'en priver.

— On est d'accord. Il faut qu'on se fasse une soirée, qu'on discute de l'intérêt de Hariel pour tes beaux yeux.

— Chez toi, alors. Mon jumeau a pris ses quartiers dans mon appartement, et s'il sait que tu viens, il trouvera un prétexte pour rester. Je ne voudrais pas passer ma nuit à le traquer parce qu'il a décidé de manger de l'ange rôti au déjeuner.

— C'est... mignon.

— C'est Ruth.

— Tu dois être contente de le savoir libéré de Chuna et de l'enfer.

Une ombre traversa son regard, son éternel sourire se ternit.

— Il ne sera jamais un faucheur affranchi.

Je fronçai les sourcils. Ruth était particulier, un tantinet pervers sur les bords, mais il m'avait sauvé la mise — et la vie — plus d'une fois. Le faucheur s'était pris d'affection pour moi, l'amie de sa sœur, et je l'appréciais aussi. Sa situation devait être plus complexe si la mort de sa maîtresse ne brisait pas ses engagements envers les démons. Le moment était mal choisi pour interroger Estelle sur les conditions qui l'enchaînaient à cette vie de servitude.

L'humeur d'Estelle se réchauffa. Elle sourit, et je devinai que son frère venait de chuchoter quelque chose dans son esprit.

— Enfin, je vais peut-être abréger ses souffrances s'il ne vire pas ses poils de mon lavabo.

Des images saugrenues du faucheur recouvert d'une pilosité semblable à celle d'un ours me firent rire. Le frère et la sœur partageaient le même penchant pour la coquetterie.

Le crissement typique de baskets contre le revêtement plastique de l'*open space* nous obligea à reprendre une conversation moins surnaturelle. Je devinai l'arrivée de notre collègue, qui déposa son dossier sur mon bureau avec empressement.

— Debbie, Debbie ! m'appela Anna. À ce qu'il paraît, tu as rencontré monsieur Leroy ? Tu l'as trouvé comment ?

Les nouvelles vont vite.

— Sexy. Autoritaire. Et vraiment très sexy.

— Il porte une alliance au doigt ? J'ai pas fait attention quand il s'est présenté pendant la réunion du comité d'entreprise.

— Euh... aucune idée.

Je ne faisais jamais attention à ce genre de détails. Qu'il soit marié ou non m'importait peu ; mon ange me comblait sur tous les tableaux.

— Tu n'es pas censée batifoler avec Tom, toi ?

Anna haussa les épaules, les lèvres pincées.

— Je crois que je préférais quand nous étions de simples collègues. Ce n'est plus pareil. Une histoire au bureau, je doute que ce soit une bonne idée.

— J'imagine, acquiesçai-je. Bosser avec mon mec, je ne pourrais pas le supporter.

Mon esprit serait incapable de se concentrer avec le regard ténébreux de Nathanaël braqué sur moi. D'ailleurs, en parlant d'archange, j'allais en voir le bout de la queue...

— Vous ne m'en voudrez pas, les filles, mais j'ai une affaire très urgente à régler, m'excusai-je en lisant le SMS envoyé par mon déchu.

— Rien de grave ? s'inquiéta Anna.

— Non, ne t'inquiète pas, je serai là pour la pause du midi, la rassurai-je.

À ce rythme, ma présentation ne serait jamais prête pour la fin de la semaine ! Malgré cette épée de Damoclès au-dessus de ma tête, j'avais des priorités. Fébrile, je déverrouillai la porte grâce à mon badge et pénétrai dans la salle des archives, moins glamour que le bureau du PDG, mais plus que les toilettes. Les néons éteints créaient une ambiance pleine de mystères. Les rayons du soleil projetaient un faisceau de lumière au travers de l'unique fenêtre, qui traçait une ligne sur la maquette, où je m'arrêtai.

Mon cœur, tambourinant dans ma poitrine, fut le seul à résonner dans ce silence lourd. Il régnait une atmosphère suave.

— Nath ?

Le bruit de la serrure qui se verrouille me fit tourner la tête en direction de la porte. Une masse noire emplit l'espace entre les bibliothèques pleines à craquer. Sa dangerosité devint très excitante lorsque l'archange ouvrit ses ailes et révéla son corps d'Apollon uniquement vêtu d'une cravate, nouée à son cou. Je me mordis la lèvre inférieure, un geste insuffisant pour retenir ma déesse intérieure. D'une démarche féline, je réduisis l'espace entre nous. Mes doigts caressèrent une des deux lanières de coton noir, puis l'enroulèrent autour de mes phalanges pour m'offrir une prise ferme sur la cravate. Sans retenue, je l'obligeai à courber l'échine et pris possession de ses lèvres avec une avidité assumée.

— J'ai *faim* de toi, susurré-je entre deux baisers passionnés.

Mon dos rencontra sans douceur la bibliothèque la plus proche. Je pus sentir toute la voracité de mon ange contre mon corps. Joueuse, je ne comptais pas m'abandonner sans exacerber sa fièvre. Ma main libre s'immisça entre ma poitrine et le torse de Nathanaël, glissa sur sa peau chaude et empoigna son membre déjà prêt à me combler. Je lui offris une délicieuse friction, dont le plaisir se traduisit par un grognement et une morsure agréable dans mon cou. Sa bouche me dévorait la peau, induisant de délicieux frissons qui faisaient durcir le bout de mes tétons. Grâce à la cravate, je l'immobilisai entre ma poitrine et me délectai de son souffle chaud mêlé à sa langue au fond de mon décolleté. Son bras dans le creux de mes reins arqués, ma tête rejetée en arrière, le lien jusqu'à son cou tendu pour le contenir, nous devions offrir une vision des plus érotiques.

— J'ai envie de t'arracher cette robe.

— Tu te contenteras de ma culotte.

La provocation fut suffisante pour l'encourager à agripper les pans de ma robe et à les remonter sur mes cuisses. Nathanaël tomba à genoux, puis leva les yeux avant de saisir la dentelle fine avec les dents. Il tira dessus jusqu'à dégager un chemin sans obstacle jusqu'à mon intimité. Il plaqua sa langue dessus et me donna assez de plaisir pour que je sois incapable de contenir mes soupirs. Il valait mieux éviter de faire trop de bruit, mais c'était si bon. Des étoiles scintillèrent dans son regard, signe de sa satisfaction qui grandissait à l'unisson avec la mienne. Je resserrai ma prise sur la cravate afin qu'il ne s'éloigne pas, aidée par mon autre main, plongée dans ses cheveux ébène.

Mes hanches bougèrent au rythme de ses coups de langue à se damner. Je savais d'avance ce qu'il désirait obtenir de moi, l'archange n'y renoncerait pas. Ses doigts se joignirent à sa bouche pour me le faire subir une torture délicieuse. Je sentis une énergie nouvelle inonder mon aura, comme si mon ange intérieur ouvrait ses ailes. Cette énergie si convoitée par les démons, j'en fis don à mon amant dès la première secousse causée par l'orgasme. Nos âmes, insatiables l'une de l'autre, fusionnèrent le temps de cet échange unique. Mais ce n'était pas assez pour nous rassasier, pas encore.

Nathanaël ne me laissa aucun répit, pas la moindre chance de redescendre sur l'échelle du plaisir. À peine redressé, il me pénétra de tout son long. Pendant quelques secondes, nous appréciâmes la symbiose de nos corps et de nos lèvres jointes, puis les mouvements du déchu devinrent de plus en plus amples. Je délaissai son unique accessoire pour enrouler mes bras autour de son cou. Ce geste l'invita à redoubler d'ardeur, et il me souleva par les cuisses avant d'augmenter *crescendo* la cadence.

Je haletai. Entre deux gémissements, je prononçai son prénom et quelques supplications douces à ses oreilles. Il me prit avec force, comme je le lui demandais.

— On va nous entendre, murmurai-je dans un élan de lucidité.

— Tu veux que j'arrête, ma déesse ?

— Non ! Non, continue.

Son sourire suffisant ne m'échappa pas. Je me bâillonnai avec sa cravate, atténuant mes expirations extatiques, mais j'avais sous-estimé mon dévergondé d'archange, qui s'amusa à jouer avec mes limites. J'allais perdre à nouveau pied, et ce fin morceau de coton ne feutrerait pas mes cris de plaisir. Heureusement, je pus compter sur mon instinct de survie. Avant de basculer, je balayai les livres de l'étagère à ma portée. Les ouvrages tombèrent dans un bruit sourd, et je jouis tout mon soûl. Mon partenaire vint à son tour dans un râle guttural, son regard dans le mien.

Nous restâmes un moment figés dans l'instant, entre deux mondes. J'embrassai mon ange, dont le sourire s'épanouit sur mes lèvres. Nathanaël réagit le premier aux coups portés à la porte, me serrant plus étroitement, ses ailes autour de nous comme un bouclier. *Merde !*

— Qu'est-ce qu'il dit ? soufflai-je. Je n'entends rien, j'ai les oreilles qui sifflent.

Signe que mon déchu avait été à la hauteur.

— Il demande si tout va bien là-dedans.

— Ah !

Je me défis de la protection de Nathanaël et collai mon oreille contre la porte, le regard rivé sur la poignée agitée par un de mes collègues.

— Oui, oui, tout va bien ! La porte s'est refermée et... impossible de la rouvrir !

Une grimace déforma mes traits à ce mensonge. Je compris que la serrure faisait encore des siennes et qu'un technicien arriverait bientôt.

— On aurait presque le temps pour un second round, murmura Nathanaël en se plaçant dans mon dos.

J'esquissai un sourire groggy.

— Prétentieux, va. Comment es-tu venu jusqu'ici ? Je veux dire, tu portais autre chose que tes ailes, hein ?

— Je préfère être habillé pour voler.

Après m'avoir embrassée derrière l'oreille, il s'écarta et récupéra des vêtements sans mauvais pli sur une des étagères. Pendant qu'il s'habillait, je remis ma robe en place et peignai mes cheveux à l'aide de mes doigts. Je me statufiai subitement, la main dans les airs, mes mèches prises dedans.

— Debbie, ça va ? s'inquiéta Nathanaël.

— Ouais. Ouais ! C'est juste que…

La gorge sèche, je déglutis.

— Que ? insista l'archange.

Il cessa de boutonner sa chemise noire, qui tombait au-dessus d'un pantalon pince de la même couleur.

— Que tu es beau à se damner. Même l'acteur de *Lucifer* ne t'arrive pas à la cheville ! Les petites culottes vont tomber sur ton passage… En parlant de culotte, où est la mienne ?

— Aucune idée.

— Aide-moi à la chercher, elle doit être sous les livres.

Nous n'eûmes pas le temps d'extraire la lingerie ; la porte s'ouvrit et un des gars des services généraux nous trouva en train de reconstituer la collection d'ouvrages sur l'étagère.

— Et voilà ! Vous êtes libres. Je vais bloquer la porte, le temps de changer cette badgeuse capricieuse.

Je remerciai le technicien avant de m'éclipser de la scène de crime. J'espérais que le parfum de nos ébats ne chatouillerait pas ses narines. Nathanaël s'intéressa à son téléphone, une manière de dissimuler la noirceur de son regard.

— Comment tu as fait pour casser la machine ?

— Une petite impulsion énergétique.

— Et pour entrer ?

Il dégaina un badge, qu'il agita devant mon nez.

— Tu le rendras à Estelle.

Évidemment. Ma meilleure amie était dans le coup !

— Je t'invite à déjeuner ? Pour me faire pardonner d'avoir changé notre lieu de rendez-vous.

— Ce n'est que partie remise, lui dis-je avec un sourire coquin. Les filles ne devraient pas m'en vouloir de leur faire faux bond pour ce midi. Tu m'emmènes où ?

— Bologne ? Tu disais avoir envie de lasagnes, hier soir.

— Ça me va ! Je vais chercher mon sac, tu m'attends là ? Nath ? l'appelai-je sans retour de sa part.

Arrêté en plein milieu du couloir, il observait le plafond avec insistance.

— Un problème ?

— Non, juste un des miens. De mon rang.

Un archange, ici ? Je levai le nez dans la même direction.

— Je ne détecte rien.

— C'est normal. Il dissimule son aura, et je me demande pourquoi.

— Mais tu parviens à la détecter.

— Je suis un Traqueur, aucun céleste n'échappe à mon flair.

Aucun démon également, d'après mon expérience avec la duchesse infernale.

— Il doit être en mission, théorisai-je, même s'il ne se passe rien de folichon dans cette maison d'édition. On ne risque pas la polémique avec nos ouvrages scolaires et nos programmes d'informations. Quoique...

— S'il s'attarde, je m'assurerai que tu n'es pas la raison de sa présence.

C'était prévenant de sa part. Depuis que j'avais révélé ma nature à une poignée de démons privilégiés, la rumeur d'une femelle nephilim se répandait comme une traînée de poudre. La présence de Nathanaël dissuadait les moins téméraires, mais je m'attendais à recevoir la visite d'archidémons de sa trempe. La possibilité d'avoir des anges aux trousses ne m'avait pas effleuré l'esprit, mais quand on savait qu'un couple de nephilim pouvait engendrer les cavaliers de l'apocalypse, leurs motivations m'apparaissaient limpides : m'éliminer ou me transformer en poule pondeuse. D'après mon paternel, Dieu n'avait laissé aucune instruction à mon sujet. Peut-être se divertissait-il de mon sort ? Nathanaël dirait que c'était une manière de les mettre à l'épreuve, alors les deux camps pouvaient coexister au paradis.

— Hariel pourra certainement t'en apprendre plus sur lui, il rôde sur les toits.

— Je sais. Je lui ai demandé de veiller sur toi.

Je pinçai les lèvres, contrariée par la nouvelle.

— Que se passe-t-il ?

— Il te rapporte tous mes faits et gestes ?

— Je ne vois pas quel est le problème. Il me fait un rapport quotidien.

— Tu n'as pas l'impression que c'est *trop* ? *Trop* invasif ? Je ne te fais pas suivre, moi.

— Non, tu es la dernière de ton espèce. Ce n'est même pas assez, en réalité.

Ah ! Les anges. Il fallait toujours en faire des tonnes, c'était parfois usant.

— Tu aimerais, si les rôles étaient inversés ? lui demandai-je, mi-curieuse mi-énervée.

Il ne prit même pas deux secondes pour y réfléchir et m'apporter une réponse à son image :

— Tu es ma maîtresse, Debbie, mon salut dépend de ta vie. Le besoin de te protéger vibre dans chaque cellule de mon être, jusqu'à la pointe de mes plumes. C'est un comportement très angélique.

— Je suis au courant, rétorquai-je, toujours mécontente.

Se moquant de l'endroit où nous nous trouvions, Nathanaël saisit mon visage entre ses mains et m'obligea à le confronter.

— Je t'aime, ma déesse. S'il t'arrivait quelque chose, le monde en subirait les conséquences.

J'ignorais si l'image de Nathanaël en ange vengeur me plaisait ou non. La colère avait déjà provoqué sa chute, après qu'un groupe d'humains avaient osé toucher à un ange qui comptait beaucoup à ses yeux. Je le savais capable de faire un carnage chez les potentiels responsables. Je connaissais aussi son côté *control-freak*, avec lequel je devais composer.

— D'accord, mais à condition qu'on fasse un effort sur le romantisme. On a le don de choisir les pires endroits pour être fleur bleue.

— Fleur bleue ? Je suis loin d'être fleur bleue.

Je me retins de faire un parallèle entre son corps ailé et le roucoulement des pigeons. Un ricanement taquin s'échappa de mes lèvres, que j'écrasai contre les siennes, puis je l'entraînai à la recherche d'une terrasse dégagée, d'où nous prendrions notre envol vers l'Italie.

Chapitre trois

— Quelque chose te tracasse.

Il ne s'agissait pas d'une question, mais Nathanaël n'exprima pas à haute voix le fond de ma pensée. Malgré sa capacité de lire dans mon esprit, j'appréciais qu'il évite de s'y introduire à la recherche de réponses. Je haussai les épaules avant de saisir le fouet et de mélanger l'appareil du gâteau au chocolat que nous préparions. J'ignorais comment mon ventre survivrait à la seconde orgie de nourriture qui l'attendait ce soir. Les lasagnes et le tiramisu pesaient encore sur mon estomac — ma réunion aussi.

— Tu souhaites m'en parler ?

— Mes parents vont bientôt arriver.

— Si c'est préoccupant à ce point, il vaudrait mieux reporter le dîner ?

— Tu peux être sûr que mon père débarquera dans la seconde. C'est mon entrevue avec le nouveau patron qui me travaille. Il m'a demandé de reprendre ma présentation, d'affiner ma stratégie pour convaincre les rédacteurs d'opter pour nos nouvelles méthodes. Il m'a donné la responsabilité de ce projet, mais j'ai l'impression que c'est hors de mon périmètre de simple assistante d'édition.

— Tu es douée dans ton domaine, me rassura Nathanaël, plein de confiance. Et tu aimes mener des projets.

— C'est vrai. Mais, je n'ai pas l'habitude de recevoir des ordres du haut de la pyramide. À aucun moment il ne s'est inquiété de ma hiérarchie.

— Pourquoi tes supérieurs auraient-ils voix au chapitre ? Nous ne discutons pas les ordres lorsqu'ils proviennent de Dieu, nous acceptons ses choix, même ceux contraires aux décisions du Conseil.

— Ce mec n'est pas Dieu, mais un humain. Du moins, je l'espère.

J'avais bien regardé la Mort en face — un homme charmant —, sans mesurer la grandeur de sa fonction, alors je serais capable de passer à côté du Créateur sans m'en rendre compte.

— Je te confirme qu'*Il* ne s'amuse pas à diriger ta maison d'édition. J'essayais de dire que ton patron a toute la légitimité nécessaire pour te confier des responsabilités sans devoir en référer à ses subordonnés.

Je comprenais le raisonnement. Pourtant, un mauvais pressentiment persistait. Je n'arrivais pas à mettre le doigt sur l'anomalie de cette situation, outre le statut de mon patron et la certitude de me tailler une réputation peu vertueuse.

— D'accord, et que penses-tu de son invitation à déjeuner ? Et ne me dis pas que c'est un honneur de partager un repas avec Dieu.

Le visage de l'archange se ferma. Sa poitrine se gonfla sous sa chemise noire, avant de retomber avec une lenteur calculée. Il pencha la tête sur le côté, la lèvre supérieure retroussée sur ses canines proéminentes.

— C'est ta tête de jaloux, ça ? le taquinai-je.

— Pourquoi le serais-je ? J'ai confiance en toi.

— Mais pas en lui, continuai-je.

— Tu lis dans mes pensées, maintenant ? Surtout, je n'ignore pas tes instincts. Tu n'as pas eu de vision depuis la dernière ?

Un frisson me parcourut au souvenir de ce rêve prémonitoire. Mettre au monde le cavalier de la Mort nécessitait l'union de deux nephilims, et j'étais prédestinée à être sa mère. Nous n'avions pas abordé le sujet, mais je devinais toutes les questions de Nathanaël sur notre avenir. Qu'allait-il advenir de lui, exactement ? Il m'arrivait de me torturer en imaginant divers scénarios apocalyptiques et, comme à cet instant, je m'accrochais à mon archange.

— Aucune, mais je reste attentive.

Mes songes restaient mouvementés par des scènes érotiques et scandaleuses. Tout mon répertoire passait à la casserole, excepté quelques personnes, comme mon responsable. Ma déesse perverse gardait ses exigences, même libérée de mon contrôle. Et, sans surprise, sa préférence allait à Nathanaël.

Ce dernier me tira de mes rêvasseries, sa main caressant mes cheveux bruns. Il captura mes lèvres lorsque je relevai le bout du nez vers son visage, et je me laissai emporter par ce baiser tendre.

— Ne tirons pas de conclusions hâtives. Tu es protégée, si tu as le moindre problème lors de ce déjeuner, nous interviendrons.

— Je ne vois pas ce qu'il pourrait m'arriver avec deux Traqueurs pour gardes du corps.

— Mmh. Comme tu as tendance à n'en faire qu'à ta tête...

— Tu adores ça, plaisantai-je. Dans le doute, je demanderai des cours de *self-défense* à Ruth.

— Cet obsédé va en profiter pour te tripoter. Hariel se fera un plaisir de t'entraîner. Mon unité est l'une des meilleures du paradis, tu ne trouveras pas de professeur plus expérimenté.

— Peut-être, mais c'est un excellent moyen de me rapprocher de Ruth. J'aimerais le remercier d'avoir épargné ma vie quand Chuna m'a envoyée dans le portail infernal. Je suis sûre qu'il ne s'est pas contenté de m'envoyer au paradis, il m'a aussi empêchée de mourir. Je ne sais pas comment t'expliquer...

— Il a préservé le lien entre ton corps et ton âme. Ruth a lutté de toutes ses forces pour éviter de dégainer sa faux et de le sectionner.

Je m'en doutais, mais en avoir la certitude décuplait ma reconnaissance envers le faucheur.

— Il a beau être rattaché à l'enfer, il se comporte comme un ange. Je lui en dois une.

J'ignorais comment lui rendre la pareille, mais je n'oublierais pas ses interventions.

— En attendant, repris-je, j'espère que tu as laissé tes armes dans la chambre. Mes parents ne devraient plus tarder, et j'aimerais ne pas passer ma soirée à mesurer lequel de toi et mon père à la plus affûtée.

— Il n'y a pas que mes dagues qui sont affûtées, commenta-t-il en passant sa langue sur ses lèvres.

Ah! Je confirme. J'attrapai un morceau de carotte et croquai dedans pour distraire mes pulsions, qui m'encourageaient à mordre cette langue tentatrice avant de l'enfourner dans ma bouche. Oh! Le gâteau! Nathanaël sursauta quand je fis volte-face. Je saisis le plat, ouvris le four, puis réglai le minuteur.

— Ce que je voulais dire, c'est que si vous pouviez éviter de vous chamailler, ce serait sympa.

— Soit. Je ne lancerai pas les hostilités.

Je n'obtiendrais aucune garantie supplémentaire. En réalité, je soupçonnais les deux hommes d'entretenir le feu de la discorde pour le plaisir. Mon père ne devait pas se payer le luxe d'asticoter un archange tous les jours, et Nathanaël découvrait les joies de composer avec des beaux-parents.

Devant ma mine dubitative, il m'adressa un sourire charmeur, qui ne trompait personne.

— Je vais finir de mettre la table, va te changer, m'encouragea-t-il.

J'avisai mon tablier maculé de chocolat et mon orteil au travers de la chaussette trouée. Mon accoutrement méritait un petit ajustement. J'abandonnai mon bouclier antitache dans la panière à linge, puis troquai ma tenue contre une autre pour la troisième fois de la journée. J'optai pour un pantalon beige et une blouse rose cendré, afin de contraster avec le noir porté par Nathanaël. Mon trait de liner repassé, je rejoignis le salon. Ma table n'avait jamais été dressée avec une telle précision, même les serviettes ne dépassaient pas des assiettes.

— On a oublié le plus important !

— Quoi donc ? m'interrogea Nathanaël.

— Le vin !

J'eus à peine le temps de déboucher la bouteille que l'interphone annonçait la visite de mes parents, toujours ponctuels. Nathanaël se chargea de l'accueil et déverrouilla la porte de l'appartement lorsqu'ils frappèrent deux fois.

— Bonsoir, c'est un plaisir de te revoir.

Ma mère le salua avec une bise chaleureuse, puis me réserva le même traitement.

— Salut, Maman. Je vois que vous avez profité de vos vacances, tu es bronzée !

Son teint hâlé tirait sur un cuivre chaud et gorgé de soleil. Je lui ressemblais beaucoup, des yeux de biche couleur noisette aux tics nerveux. J'espérais être aussi belle lorsque mon compteur afficherait soixante-cinq ans — la chirurgie esthétique ne pouvait pas rivaliser avec l'influence d'un ange. Ses cheveux bruns coupés au carré la rajeunissaient ; bientôt, on la prendrait pour ma sœur aînée !

Mon paternel entra, armé d'un bouquet de fleurs, qu'il ne céda pas à Nathanaël.

— Déchu.

— Gardien.

Ma mère ricana derrière sa main ; je soupirai. Le plus auréolé perdit au combat de regards. Ses yeux se réchauffèrent lorsqu'ils dévièrent vers moi.

— Ma puce, comment vas-tu ? Tu n'as pas envoyé de message, cette semaine.

— Je savais qu'on se voyait, alors j'ai gardé les potins pour ce soir, prétextai-je en acceptant de me lover dans ses bras.

Je lui en voulais encore un peu. *Beaucoup*. Il m'avait caché des informations sur ma nature et les risques que je courais. Son manque d'honnêteté avait émoussé ma confiance en lui, blessée aussi. Il faisait des efforts pour se racheter, mais j'éprouvais le besoin de le punir en le privant de nouvelles. J'étais presque étonnée qu'il ait gardé ses distances… Ma mère l'avait sans doute dissuadé de débarquer à l'improviste. Cette bouderie ne serait que temporaire, la preuve, ils dînaient avec nous cette semaine — comme la semaine précédente.

— Et je vais bien, le rassurai-je, toujours prisonnière.

Bon. Je devais admettre que j'adorais ses étreintes paternelles débordantes d'affection.

Libérée, je le débarrassai des magnifiques fleurs pour les mettre dans un vase, puis sur la table. Nous nous installâmes sur le canapé et prîmes l'apéritif dans une ambiance décontractée, puisque ma mère et moi fîmes la conversation. Les deux hommes se contentèrent de réagir par des hochements de tête et des gorgées d'alcool. Quand nous passâmes à table, je commençai à m'inquiéter du mutisme de mon père.

— T'as trouvé un cheveu dans ton assiette ? lui demandai-je afin d'attirer son attention.

Il releva le nez de son plat et m'offrit un sourire doux, avant de poser ses couverts. Sa main balaya ses cheveux blonds, ses traits se fermèrent. Aïe. *Ça sent pas bon*. Je connaissais cette attitude. Il avait cherché ses mots pendant un long moment et, enfin, allait jouer cartes sur table. Par sécurité, je déposai ma fourchette et m'adossai contre ma chaise.

— Des rumeurs courent au paradis.

— Dans les rangs des anges gardiens, tu veux dire ? commenta Nathanaël.

— Oui, particulièrement dans notre chœur.

Ils avaient la réputation d'être de vraies commères.

Mon père fit une pause. Il devait s'attendre à une autre réaction de l'archange, mais ce dernier l'encouragea à poursuivre avec un geste impatient de la tête.

— Kenan aurait quitté l'Éden, à la recherche de… sa future compagne.

— Kenan ?

Je ne dissimulai pas ma perplexité, que mon géniteur dissipa :

— Le troisième nephilim, et le plus âgé d'entre vous.

Je me tournai vers Nathanaël, dont les yeux d'onyx flamboyant me firent presque autant frissonner que cette nouvelle. Son immobilité ressemblait à celle d'un félin prêt à fondre sur sa proie.

— Le mâle reproducteur cherche sa poulinière, plutôt, corrigeai-je, acerbe.

Le silence qui s'installa à table fut brisé par le grondement sourd de mon archange.

— Tu as une idée d'où il se trouve à l'heure actuelle ? enchaîna-t-il.

— Aucune.

Nathanaël dégaina son téléphone, puis pianota sur l'écran avec frénésie. Un carillon ne tarda pas à annoncer une notification. Je trouvais toujours amusant de le voir texter avec ses amis via une messagerie instantanée. Après quelques échanges, l'appareil termina sur la nappe, dans un geste rageur. J'enroulai mes doigts aux siens pour tenter de l'apaiser alors que son énergie sombre saturait l'air devenu moite. Ma mère se cacha derrière son verre de vin, qu'elle descendit lentement.

— Pourquoi n'ai-je pas été mis au courant plus tôt ?

Le visage parfait de mon paternel se crispa. Un voile obscurcit ses yeux bleus, sa beauté froide perdit de sa superbe et son corps se redressa, comme s'il se préparait à un impact.

— Tu as été déchu de tes fonctions, tu n'es plus dans la confidence.

Ouille ! Ça, ça faisait encore plus mal qu'un uppercut pour Nathanaël. Il l'encaissa avec un calme qui annonçait une terrible tempête.

— Le Conseil a ordonné que cette information ne quitte pas le paradis, par sécurité pour la dernière nephilim, notamment.

— Par sécurité ? répéta Nathanaël sur un ton doucereux.

— Je te rappelle que tu es sur le fil du rasoir. Toucher à l'enfant d'un ange t'expédierait en enfer sans billet retour.

— Même si c'est un sale con ? posai-je la question.

— Même si c'est un sale con, confirma mon paternel, en détachant chaque mot.

— Et de la légitime défense, ça compte ?

— Pas pour lui.

— OK. Aucun problème, je m'en occuperai moi-même s'il me trouve et joue les *Don Juan*, déclarai-je, sûre de moi.

Ma mère me soutint au travers d'un sourire franc. L'inquiétude inonda les prunelles de mon paternel. Quant à Nathanaël, il m'observa un long moment, comme s'il jugeait mes capacités, puis hocha la tête.

— Je suis presque curieux de te voir lui arracher les bijoux de famille.

Cette fois, je ne lui tins pas rigueur d'avoir sondé mes pensées. Mon petit air dédaigneux le fit rire doucement. Ma réplique eut le mérite de le détendre, même s'il récupéra son téléphone et rédigea de nouveaux messages avec des gestes brusques.

— Dites, quand vous parlez de l'Éden, il s'agit du célèbre jardin ? questionna ma mère.

Par expérience, elle savait qu'il valait mieux avoir le plus de cartes possible entre les mains afin d'appréhender les créatures surnaturelles et de leur survivre. Toute information était bonne à prendre. Son mari les lui apporta :

— Non, c'est un refuge créé par les nephilims, contrôlé et protégé par les esprits de ceux ne s'étant pas élevé jusqu'au paradis. C'est-à-dire la quasi-totalité, si on omet ceux qui ont trouvé leur place en enfer.

— C'est... glauque, grimaçai-je.

Un refuge hanté par les morts, charmant.

— Aucun ange ni démon ne sait où il se situe, m'apprit mon père.

Étonnée, je me tournai vers Nathanaël.

— C'est vrai, tu l'ignores ?

— Malgré mes nombreuses traques, nous n'avons jamais localisé l'Éden.

— Attends... tu... tu as déjà traqué des nephilims ?

— La réponse risque de te déplaire, ma déesse.

Je repoussai mon assiette à moitié pleine, la faim coupée — à moins que les lasagnes ne soient responsables de ma satiété. Nathanaël était à la tête d'une unité d'élite, de chasseurs, qui ne faisait pas uniquement dans la destruction de démons. Dans le fond, je me doutais de son implication dans la capture des enfants d'ange pour servir les desseins du paradis. La décision du Conseil de le mettre sur le chemin d'une nephilim était un sacré pied de nez à son affectation. *Depuis quand tu es insensible à l'humour céleste, Deb' ?*

— Des sadiques, grommelai-je dans ma barbe.

— Pardon ?

— Rien, Pap's. Je me disais que j'allais redoubler de prudence. Un nephilim *alpha*, je devrais le sentir venir à des kilomètres. Ça doit puer les phéromones et le sexe à plein nez.

Si je me basais sur le nephilim auquel mon père souhaitait me marier depuis ma Révélation, son parfum devrait éveiller mes instincts primitifs et mes désirs les plus profonds. La réaction était chimique et physiologique, une véritable alchimie des corps. Malgré la promesse de perdition dans les voluptés du plaisir, mon cœur restait insensible à Alex, alors qu'il répondait aux charmes de l'archange déchu. En parlant de mon ami…

— Alex ne craint rien de lui ? Il est en sécurité ?

Ma relation avec Nathanaël lui offrait un « délai supplémentaire », selon ses dires. Qu'avait-il voulu signifier par là ? Mystère. Il possédait une lame d'Azraël, l'ange de la mort, mais cette arme était-elle suffisante ? J'ignorais toujours comment il se l'était procurée, et contre *quoi*. Tout avait un prix, en ce bas monde.

— Ce fils d'ange est un grand garçon, fit remarquer Nathanaël.

— Il a survécu pendant un siècle, continua mon père, il s'en sortira face à son rival.

— Un siècle ?

Alex a UN SIÈCLE ! Il était bien conservé pour son âge.

— Il est lié à un déchu ?

— Pas que nous sachions. Il veille jalousement sur les arcanes de sa jouvence.

Roh ! le vilain garçon. Le petit cachottier.

— Et Kenan ? Quel âge a-t-il ?

— Il est bien plus vieux que moi, mais plus jeune que Nathanaël. Trois cents ans. Son secret, c'est d'épuiser ses partenaires, de profiter de la bénédiction des autres nephilims, mâle ou femelle, sans jamais offrir la sienne.

— Sérieux ?

— Quand je dis qu'il ressemble davantage à un incube, je pèse mes mots. Puisque nous vous comptons sur les doigts d'une main, il a épuisé ses ressources depuis un moment. Le temps joue contre lui.

Quelle horreur ! Pour le fils d'un ange, il manquait de bienveillance, mais avait hérité de la mégalomanie de nombreux célestes.

— C'est possible de refuser une bénédiction ?

Le sujet m'intéressait, même si ma liaison avec Nathanaël me protégeait de la panne sèche après une nuit torride.

— Apparemment, mais je ne connais pas la technique, se dédouana mon père.

Alex ne la maîtrisait pas, il ne m'aurait pas caché un tel savoir.

Je me levai et débarrassai la table. Bouger — et manger du chocolat — m'aidait à ordonner mes pensées. Là, je ne savais plus par quel bout commencer. Ma mère me donna un coup de main, abandonna le plat sur le plan de travail et posa une main rassurante sur mon bras.

— Ça va, ma puce ?

— Oui. J'ai échappé à la mort et à une éternité en enfer, cette histoire de nephilim pourrait être pire, comme la pression sur mes épaules au boulot. Il va vraiment falloir que je prenne des cours particuliers de *self-défense* avec Ruth, ça va me détendre.

— Qui est Ruth ?

— Le jumeau de ma copine Estelle.

— Un faucheur, donc.

— Tu es bien renseignée !

Ma mère compensait les élans protecteurs de son mari, elle me laissait l'espace dont j'avais besoin tout en me soutenant dans les épreuves de mon existence. Elle était très observatrice, une qualité qui me manquait.

— Dire que ton père refusait de te voir avec Morgan à cause de sa crête de punk et son sourire de mauvais garçon. Là, il est servi.

Sa moquerie débordait de tendresse pour l'homme de sa vie, qu'elle couva d'un regard.

— En fait, murmurai-je sur le ton de la confidence, il nous a chopé en train de fumer de l'herbe et Morgan lui a proposé une soufflette pour le détendre.

Un rire s'échappa de ses lèvres, accentuant les ridules aux coins de ses yeux. Cette parenthèse de normalité m'amusa à mon tour. Les deux anges nous interrogèrent silencieusement, mais nous ne leur permîmes pas de mettre un pied dans notre bulle. Nous apportâmes le dessert, l'âme plus légère.

Finalement, il me restait une petite place pour le gâteau.

Chapitre quatre

La tête en arrière, j'inspirai profondément avant d'expulser l'air dans un hurlement. Avec brutalité, mon corps s'arqua et mes ongles griffèrent les épaules auxquelles je me tenais. J'allais me noyer dans un océan d'extase, qui n'avait ni début ni fin.

— Encore !

Ma voix se brisa, méconnaissable après avoir exprimé mon plaisir. Intense, sauvage et primaire, il ravageait tout sur son passage. Une véritable tempête, qui grondait dans la poitrine de mon partenaire. Tout mon être vibra lorsqu'il me mordit avec possessivité. Le besoin de jouir, *encore*, devint impétueux, au point de sentir mon ventre se tordre. Ma déesse était déchaînée. J'étais en transe.

— Debbie...

Oui. Oui, oui, oui !

— Encore. Encore, suppliai-je en bougeant le bassin.

— Debbie...

Un bruit cristallin me fit sursauter. Je clignai des paupières à plusieurs reprises ; la réalité me percuta tel un dragon lancé à pleine vitesse. Le regard perçant de Leroy m'effeuillait, comme s'il avait la capacité d'entrevoir mon péché sous les couches d'innocence feinte. Je rougis, de honte et de désir. Je m'efforçai de fixer la bouteille tenue par ses doigts graciles.

— Encore du vin ?

J'étais sûre de discerner de l'amusement dans sa voix, une note rauque qui mettait au défi de révéler les véritables pensées. Ce rêve m'avait beaucoup excitée et Nathanaël en avait fait les frais, pour son plus grand plaisir. Cependant, fantasmer inconsciemment sur mon patron restait troublant. J'eus peur d'une prémonition nocturne, avant de rire à cette idée stupide. Le charme de monsieur Leroy n'atteignait pas les sommets de mon ange, et Alex occupait la seconde place sur mon podium en cas de manque insoutenable.

— Oui, s'il vous plaît, répondis-je avec une assurance timide.

Je m'éclaircis la gorge, puis portai mon verre à mes lèvres. Ce vin devait figurer sur la table des dieux. Il était si bon que je me fis violence pour éviter de submerger mon malaise dans l'alcool.

Le client maladroit fut débarrassé des morceaux de cristal répandu à ses pieds. Le serveur nous assura apporter les plats dès le verre remplacé. Je le remerciai, pour son professionnalisme et, intérieurement, pour m'avoir extirpée des réminiscences de ma nuit.

— Désolée, je réfléchissais aux améliorations à apporter grâce à vos conseils.

Mon patron mordit à l'hameçon ou eut la délicatesse de me laisser le bénéfice du doute.

— Vous êtes très investie dans votre travail.

— J'aime ce que je fais. Les métiers de l'édition m'ont toujours passionnée et une structure comme les éditions Educatio me permet de découvrir des procédés plus... industriels. J'ai soif de connaissances.

— Comme Ève.

La référence me renvoya à la discussion de la veille et à la mention de l'Éden, ce fameux refuge pour Nephilims. Je m'étais surprise à imaginer une sorte de bunker anti-anges et démons, un lieu froid et imprégné de la peur des miens, contraints de rester dans le monde des vivants pour le protéger. Les pauvres. Serais-je obligée de les rejoindre lorsqu'Estelle ou Ruth viendrait me faucher ? Il fallait que je négocie avec eux pour me cacher dans un coin tranquille.

— Je prends garde à croquer dans les bonnes pommes, plaisantai-je sur le ton de la confidence.

— Vraiment ? Personnellement, je suis du genre à mordre à pleines dents dans les fruits défendus.

L'intensité de son regard braqué sur moi me fit rougir. Bon Dieu ! Je rappelai ma déesse à l'ordre lorsqu'il dévoila une rangée de dents parfaites sous un sourire enjôleur. Je savais que ce déjeuner cachait des intentions intéressées, la naïveté ne comptait pas parmi mes défauts. Un retour de bâton après mon entrée osée du début de semaine. Le problème ? Je n'arrivais pas à m'arracher à sa contemplation.

Leroy dégageait une aura de sensualité qui murmurait des promesses indécentes à mon oreille. Mon cœur réclamait Nathanaël, mais mon corps suivait ses propres lois. Impossible d'échapper à son magnétisme, à sa beauté froide et à son pouvoir d'attraction. La décennie supplémentaire à son compteur me tentait et m'affriolait.

Tel un papillon de nuit, je me brûlais les ailes sur son aura irrésistible.

— Quels sont vos préférés ? m'entendis-je demander.

Allô ? Ici Debbie à son instinct de survie : qu'est-ce que tu fous ? Je répète : qu'est-ce que tu fous ?

Le parfum mâle de Leroy satura l'air lorsqu'il se pencha au-dessus de la table. Une odeur masculine, saupoudrée de richesse. Le genre de fragrance qui reste sur votre peau jusqu'au petit matin et vous enivre sous une douche chaude.

— Les charmantes assistantes qui osent poser la question.

Les cuisines étaient-elles en proie aux flammes ? Car la température devint infernale. Je me rafraîchis avec une lampée de vin, ce qui fut une très mauvaise idée, après réflexion. La chaleur de l'alcool n'apaisa pas ma fièvre. Le besoin de m'éclipser en hurlant le prénom de mon archange fut féroce, mais les prunelles métalliques de Leroy me clouaient sur cette fichue chaise. Ce séducteur tortionnaire n'en avait pas terminé avec moi :

— Si, en plus, elles se donnent des airs angéliques, c'est encore meilleur.

Normal, je suis la fille d'un ange. Je me mordis la langue afin de contenir mon aveu.

— Les apparences peuvent être trompeuses.

— Dois-je comprendre que derrière ce sourire sage se cachent de belles surprises ?

Alerte rouge! Je glissai sur la mauvaise pente sans parvenir à agripper une racine à laquelle m'accrocher. Mon vis-à-vis se méprit sur mon silence, le prenant pour une invitation à me charmer davantage.

— M'offririez-vous votre bénédiction ?

Cette question réveilla mes instincts et déclencha tous mes systèmes de défense. *Ma bénédiction.* Le choix d'expression ne relevait pas du hasard, impossible. Savait-il quelque chose au sujet de ma nature ? Un démon pouvait manipuler cet humain en échange de gloire, d'argent ou d'affaires fructueuses. Peut-être que la créature était à l'origine de sa nomination à la tête de ma société. Une autre hypothèse fit son bout de chemin dans mon esprit, et je prétextai sentir mon téléphone vibrer dans mon sac pour envoyer un message de détresse à Nathanaël. Pourtant, lorsque je décrochai de mon écran, ma volonté de me réfugier dans les bras de mon archange fondit comme neige au soleil face au charisme de Leroy.

— Excusez-moi, je vais me rafraîchir, dis-je en me levant prestement.

Une fois à sa portée, il saisit mon poignet entre sa paume chaude et ferme. J'avais lancé l'hameçon, mais il avait ferré le poisson. Ma fuite compromise, je lui accordai mon attention et ignorai le contact brûlant de son pouce à l'intérieur de mon bras.

— Attendez, Debbie, je ne voudrais pas que vous manquiez ce qui va suivre.

Son expression fut indéchiffrable. Une terrible satisfaction, peut-être ? Ou une dangereuse contrariété. Peu importait. Quelques gouttes de crainte s'ajoutèrent au cocktail explosif dans mes veines.

— Lâche-la.

La voix claqua entre nous. Mon patron esquissa un sourire carnassier, comme s'il attendait cet instant avec impatience.

— Tiens, Alex, quel déplaisir de te revoir. Dis-moi, comment se portent ta femme et ton enfant, une femelle, si ma mémoire est bonne.

Attendez. Pause ! Un échange de quelques mots, et je perdais déjà le fil. Kenan. Alex confirma mon hypothèse. Je déjeunais bien avec LE Kenan. Ceci expliquait beaucoup de choses, notamment cette attraction dont venait de me défaire Alex. Mon ami était très sexy dans son polo bleu marine et son pantalon beige. Oh ! Venais-je de me lécher la lèvre comme si je m'apprêtais à déguster une glace à l'italienne ? Si Nathanaël débarquait pour parier sur qui remporterait ce combat de coqs, je ne répondais plus de rien ! Trop de tentations pour une nephilim. D'ailleurs, je compris que, malgré mon lien avec l'ange, je restais sensible aux ensorcellements des miens. Néanmoins, la mine sombre et furieuse d'Alex tempéra mes hormones en ébullition.

— Kenan, lâche-la.

— Je te trouve bien directif, gamin.

L'orage gronda dans les yeux d'Alex, et Kenan accepta de me rendre ma liberté, mais j'en payai le prix. Une vive chaleur se répandit dans mon bras. Ses doigts laissèrent une marque écarlate sur ma peau, qui m'arracha un couinement de douleur.

— Espèce de...

— Et si tu te joignais à nous, plutôt que de faire preuve d'impolitesse envers ton aîné.

— Tu sais qu'elle est la compagne de Nathanaël ?

— Sa maîtresse, corrigea-t-il. Sa plume a été détruite, selon les rumeurs. Un cadeau du Ciel pour la dernière femelle, une source d'énergie et de longévité sans pareille.

— Je ne te laisserai pas en profiter, et l'archange non plus.

— Vraiment ? Je suis curieux de voir ça.

— Allons-y, coupai-je court avant un nouveau round.

— Je vous attends dans mon bureau, mademoiselle, nous n'avons pas consommé le dessert.

Son ton libidineux, teinté de promesses sombres, me fit frissonner. Alex attrapa la bandoulière de mon sac, accrochée au dossier de la chaise, puis me poussa vers la sortie. Je quittai le luxueux restaurant et plantai mon patron sans un regard en arrière, malgré mon envie de me dévisser le cou pour observer sa réaction. Je ne savais plus sur quel pied danser. Jouer avec le feu ne m'effrayait pas, mais la sensation restait déplaisante. *Reprends-toi, Debbie !*

Une fois dehors, l'étau autour de ma poitrine s'ouvrit d'un cran. À bout de souffle, je suivais toujours Alex au pas de course. Il m'amena jusqu'à sa voiture, une citadine noire comme son humeur. Sa ceinture à peine attachée, il quitta sa place de stationnement et évita la circulation en optant pour les petites rues.

— C'est Nathanaël qui t'envoie ?

— Non, ce sont mes instincts de nephilim qui m'ont conduit jusqu'à toi.

— Tes instincts ?

— Même si ça fait quelques mois que nous n'avons pas couché ensemble, nous gardons une trace l'un de l'autre sur notre âme.

— Visiblement, c'est mon corps que Kenan a marqué. Enfin, ce n'est pas une marque, juste une simple brûlure, hein ?

J'inspectai l'intérieur de mon poignet sous toutes les coutures. Une ligne fine zébrait ma peau. Heureusement, elle ne défigurait pas mon front comme ce pauvre Harry Potter !

— Tiens, bois quelques gorgées de ça.

— C'est quoi ? grimaçai-je en sentant l'odeur dégagée par le liquide visqueux.

— Un désenivrant.

— Je ne veux même pas savoir ce qu'il y a dedans.

— Tant mieux, parce que Liliah refuse de transmettre sa recette.

Je connaissais ce prénom. Liliah avait pansé mes blessures lors de mon passage forcé au paradis, veillé sur mon âme et rassuré Nathanaël, qui la considérait comme une petite sœur. Ses talents de guérisseuse n'étaient plus à prouver. En confiance, j'avalai une gorgée de l'élixir avant de plaquer ma main sur ma bouche. Le goût d'œuf pourri me donna un haut-le-cœur. *Beurk !*

— Il y a des bonbons à la menthe dans la boîte à gants.

— Tu ne pouvais pas le dire plus tôt, Alex !

Je me jetai dessus et poussai le bazar du nephilim, à la conquête des bonbons. Deux finirent dans ma bouche, les emballages tombèrent sur le tapis, et un troisième se tenait prêt à prendre la relève. Je soupçonnais le goût putride de vous remettre les idées en place, et l'effet fut immédiat ! Mes esprits recouvrés, mon inquiétude pour Nathanaël me comprima l'estomac — déjà sous bonne torture. J'avalai la dernière sucrerie et, les deux mains libérées, attrapai mon portable. Pendant que les tonalités sonnaient dans le vide, je jetai un coup d'œil vers le ciel, au cas où l'archange nous suive par les airs.

— Répondeur, grognai-je.

Ma main tremblait. Mon esprit s'extirpait lentement du brouillard et reprenait ses droits après l'envoûtement angélique de Kenan. Je me sentais groggy. Mes jambes cotonneuses s'étalaient sans grâce. Je détestais cette sensation, semblable à une descente difficile après une consommation de drogue. Je ne pouvais pas combattre le mal par le mal…

— Kenan et toi, ça semble… conflictuel. C'est un connard, non ?

Je cherchai du réconfort auprès d'Alex, mais il semblait en avoir besoin tout autant que moi. Ma main rejoignit la sienne sur le pommeau de vitesse et nos doigts s'entremêlèrent. Il trouva la force nécessaire dans ma démonstration d'affection pour me répondre :

— Je le hais.

La vibration dans sa voix ne laissa aucun doute. Je sentis toute son animosité, sa rage à l'encontre de l'aîné de notre espèce en voie de disparition.

— On n'est pas obligé d'en parler, même si j'ai des questions à son sujet.

— Il a charmé ma femme pour vampiriser son énergie. Elle m'a été rendue lorsque le travail a commencé. Elle est morte en mettant au monde notre fille, trop faible à cause des ponctions énergétiques. Elles sont parties toutes les deux pour l'Éden, sans que je puisse rien faire, malgré notre lien de couple.

— C'est... c'est vraiment affreux. Je suis désolée.

— Il l'a enfermée, affamée et assoiffée de plaisirs charnels. Pour qu'elle le supplie. Pour que je le supplie.

Ma main broya la sienne quand sa voix mourut. J'entendis tout ce qu'il ne dit pas, vis l'horreur hanter son magnifique regard et son aura vaciller sous une souffrance insoupçonnée.

— Ce n'est pas un connard, Debbie, c'est pire. Même le Diable en personne ne laisse pas ses filles dans la même pièce que lui.

Woh ! Je fus estomaquée.

— Et il t'a marquée, grogna-t-il.

— Pardon ?

— Je te rassure, c'est juste une provocation de sa part.

— « Juste » ? m'écriai-je.

Dans un geste brusque, je récupérai ma main et l'agitai nerveusement en répétant le mot « juste » avec véhémence.

— Si tu n'y apposes pas la tienne, elle restera incomplète et n'aura aucune valeur. C'est la femelle qui scelle l'union de deux nephilims.

— Je suis déjà liée à un archange, rappelai-je.

— C'est différent pour Nathanaël et toi, il est ton obligé. Il ne s'agit pas d'un lien de couple, même si tu aimes le considérer de cette manière.

Je rougis, piquée par la véracité de ses propos.

— Elle va s'estomper ?

— Oui, le jour où tu choisiras de reconnaître l'un de nous.

J'explosai de rire. Ce fut plus fort que moi. Alex m'adressa une œillade critique, mais respecta mon besoin d'extérioriser à ma manière.

— Wouah ! m'exclamai-je. J'espère que tu as un beau smoking dans ton armoire, parce que Pap's va réserver un créneau à l'église dès qu'il le saura.

— J'ai pas envie que Nathanaël m'étouffe avec ta traîne.

— Tu as raison, ce serait dommage de priver la gent féminine de ton incroyable coup de reins. On n'en arrivera jamais jusqu'à là, de toute façon. Quand Nathanaël découvrira cette marque, il va le tailler en pièces.

— Si seulement..., soupira mon conducteur.

— Il s'est bien débarrassé de Chuna.

— C'est plus compliqué que ça, crois-moi.

Comme pour le confirmer, mon téléphone sonna et le numéro de Hariel s'afficha sur l'écran. Je décrochai, mais le Traqueur ne me laissa pas en placer une :

— Debbie, je suis dans votre sillage. Dis au fils d'ange de te conduire à ton appartement. Maintenant.

Oui, mon général !

— Je vais bien, Hariel, merci de t'en soucier.

— Nathanaël est blessé. Liliah est à ses côtés, mais elle a besoin d'assistance.

— Attends, comme ça « Nathanaël est blessé » ?

— Il a été attaqué après la réception de ton message. On ne s'attendait pas à se faire recaler à l'entrée. Je vous couvre depuis les airs, autant qu'on me le permet, alors ne traînez pas.

La conversation s'acheva sur cette supplication aux allures d'ordre.

— Fonce jusque chez moi. Vite !

Chapitre cinq

Des traînées ébène maculaient les murs et le parquet de mon appartement, jonché de plumes noires. La chaleur de l'été s'engouffrait dans le salon par la porte-fenêtre grande ouverte, entrée toujours privilégiée par Nathanaël. La décoration et les livres échoués sur le sol témoignaient de son atterrissage compliqué. La boule au ventre, je suivis les traces de sang jusqu'à ma chambre, d'où provenaient des grondements bestiaux. La vision de l'archange allongé sur les draps noircis par la plaie béante à sa poitrine m'arrêta brusquement. Je sentis à peine Alex me heurter, trop choquée. Lorsque Nathanaël était tombé dans le jardin du chalet où je m'astreignais à une retraite sexuelle, son corps présentait de nombreuses brûlures et blessures, mais il ne comptait pas encore pour moi, à ce moment-là. Aujourd'hui, mon cœur lui appartenait et souffrait de le voir dans cet état, heurté et énervé. Une colère que je partageais avec lui. Elle chassa les dernières bribes du pouvoir de séduction du nephilim et m'ancra à la réalité.

— Que s'est-il passé ? Qui vous a attaqués ?

Je rejoignis l'archange, dont le regard s'était planté dans le mien. Il se redressa, avant de regretter son geste lorsque son sang épais et collant s'écoula de sa blessure.

— Tu n'as rien? s'inquiéta-t-il en me sondant jusqu'à l'âme.

— C'est toi qui es à l'article de la mort, pas moi !

— Encore heureux. On finirait par contracter une véritable dette envers la Grande Faucheuse.

— Arrête de parler, implorai-je.

Le goudron qui coulait dans ses veines se répandait plus vite à chacun de ses mots.

— Je vais te donner mon énergie.

— Devant eux ?

— Faites comme si je n'étais pas là, dit une voix féminine.

Le visage de Liliah apparut dans mon champ de vision. Elle s'installa à l'opposé, un bol débordant d'un cataplasme verdâtre et terreux à la main. J'ouvris la bouche avant de la refermer comme une carpe. La guérisseuse esquissa un sourire encourageant, et je secouai ma tignasse brune.

— Nous allons faire *ça* comme les sages créatures angéliques que nous sommes, prévins-je en me penchant vers Nathanaël.

Ma bouche trouva la sienne, et les lèvres fendues de l'archange cédèrent sans résistance à mon baiser. Je m'attendais à des commentaires sur ma définition du mot sage, car ma passion l'emporta sur la décence. Il fallait un minimum de plaisir pour éveiller mon pouvoir et transmettre le flux salvateur, alors j'y mis toute ma bonne volonté. La langue joueuse et indomptable de Nathanaël me fit glousser, avant que ses canines pointues ne m'arrachent un gémissement digne d'un succube en manque. Un frisson remonta le long de ma colonne vertébrale et un long soupir s'échappa de mes lèvres entrouvertes. L'ange inspira profondément, aspirant cette énergie insufflée par ma nature de nephilim. Grâce à notre lien, je parvenais à le ravitailler sans passer par la case « orgasme », même si je préférais lui offrir une bénédiction en m'envolant pour le septième ciel.

— Attendez, je filme ! plaisanta Hariel.

Cet idiot se marrait derrière son téléphone.

— Tu n'es pas sérieux ? m'indignai-je en remarquant les trois paires d'yeux braqués sur nous.

— À ton avis ?

— Justement, j'ai un doute.

— J'ai bien assez de photos *dossier* de toi, ne t'inquiète pas.

Au contraire, avec les soirées que nous partagions, je pouvais m'inquiéter. Les deux soldats et amis aimaient s'amuser et se lancer des paris aussi stupides que dangereux. Souvent, je ne trouvais rien de mieux à faire que les suivre. C'était à se demander comment le sixième sens de mon paternel ne se déclenchait pas comme une alarme folle.

— Tu as de la chance que je sois occupée à faire du bouche-à-bouche à Nath, sinon…

— Ouh ! Ruth est si bon entraîneur, alors ?

D'accord, le soldat était vexé que j'aie préféré le faucheur à son expérience au combat. À moins qu'il ne me taquine ? La limite était mince avec ces créatures.

Pendant que Hariel m'asticotait et distrayait ma déesse intérieure, Liliah agissait avec efficacité. Ses doigts longs et graciles appliquaient le mélange préparé par ses soins. Ressentais-je une pointe de jalousie en voyant ses mains sur le torse de Nathanaël ? *Oui.* Avais-je envie de les chasser en tapant dessus ? *Complètement.*

— J'ai presque terminé, m'assura la guérisseuse avec douceur.

— Pisse pas sur Nathanaël, hein, Debbie ? C'est un truc de loups, ça.

Mon imagination indisciplinée me transforma en louve blanche en train de lever la patte comme un mâle et de marquer son territoire. Une grimace déforma les trois visages parfaits des anges, qui écoutaient aux portes de mon esprit. Bien fait !

— Tu penses vraiment très fort ! se plaignit Hariel, les joues écarlates.

— C'est à tes risques et périls que tu laisses traîner tes oreilles dans ma tête, tu devrais le savoir maintenant. Vous dites que les anges gardiens sont des fouineurs mais vous, les Traqueurs, vous êtes des voyeurs.

— Ce n'est pas du voyeurisme, voyons, ça nous permet d'être plus efficaces et de nous prémunir contre les attaques.

— Je vois ça, raillai-je en coulant un regard vers Nathanaël. D'ailleurs, vous allez me dire ce qu'il s'est passé ou je dois sortir le fer à repasser pour défroisser vos ego ?

Liliah gloussa doucement avant de se redresser et de s'éloigner avec les compresses ensanglantées. J'avisai le bandage propre sur la peau hâlée de Nathanaël, qui respirait sans grogner.

— Nous avons été attaqués par un archange, lâcha-t-il.

— Un archange ? m'étonnai-je.

— Marielle, membre du Conseil.

— Attendez, pourquoi un archange du Conseil vous a pris pour cible ?

Quelque chose m'échappait !

— Parce que Kenan est sous sa protection, intervint Alex.

— Tu confirmes mes soupçons, fils d'ange.

— Attendez, ma nouvelle responsable est arrivée en même temps que Kenan. Vous pensez qu'il s'agit de la même personne ?

— Assurément. Si Kenan a été placé sous sa responsabilité, qu'elle se soit mise sur mon chemin prend tout son sens. Marielle m'a attaqué, moi. Elle a ordonné à Hariel de se tenir à l'écart, un ordre indiscutable, ajouta Nathanaël.

— Tu n'as pas réussi à l'en dégager ?

— Non, répondit-il sur un ton dangereux avant de se radoucir. Non. J'ai beau être un Traqueur, j'ai été déchu. Par conséquent, je suis diminué face à un archange qui tire son énergie du paradis, de Marielle d'autant plus. Elle compte parmi les plus puissants du Conseil.

— Par curiosité, elle dirige quelle unité ?

Mes instincts me soufflèrent que la réponse n'allait pas me plaire, et l'attitude prudente de Nathanaël, qui entrelaça nos doigts, me le confirma.

— Celle de ton père, me révéla-t-il.

Je fermai les yeux un instant pour me réfugier derrière l'écran noir de mes paupières. L'archange avait autorité sur mon paternel, qui faisait son possible pour me protéger de Kenan, sous l'aile d'un membre du Conseil. Quel sac de nœuds ! Les paroles du nephilim me revinrent alors en tête.

— Nath, tu crois que le Conseil aurait fait en sorte de nous lier pour accroître ma longévité ?

Le déchu fronça les sourcils.

— Kenan semble le penser, complétai-je.

Malgré l'absence de pupille, je vis de la contrariété briller dans ses yeux sans fond.

— Tous les membres du Conseil n'approuvent pas les unions de nephilims. Les archanges sont divisés sur le sujet, une partie souhaite la naissance des cavaliers, afin de respecter les vieilles prophéties, d'autres s'y opposent farouchement. Lors de mon procès, Marielle s'est particulièrement impliquée, elle a peut-être interféré sur ma trajectoire. Kenan doit tenir ses espoirs de sa bouche et, si j'y réfléchis sans m'emporter, je confirme sa théorie. Ton espérance de vie dépend de la mienne, et mon énergie te renforce. Donc, tu as toutes tes chances de survivre à de multiples accouplements et accouchements.

Un frisson désagréable remonta le long de mon échine. D'immondes scénarios inondèrent mon esprit, auquel Nathanaël mit fin :

— Je ne le laisserai pas poser ses sales pattes sur ton corps et ton âme, un regard, c'est déjà trop.

Je sentis les traits de mon visage se décomposer.

— Il m'a marquée.

— *Quoi ?*

L'énergie sombre de Nathanaël satura la pièce. Du coin de l'œil, je vis Alex se raidir et Hariel ouvrir ses ailes, prêt à sauter sur le déchu ou sur le côté, avec une préférence pour la première option, selon moi. Liliah continua de ranger son matériel, comme si l'impulsivité de Nathanaël lui était familière. Je ne ressentais pas le besoin de détaler et de me réfugier dans la salle de bains, mais l'explosion de cette aura colérique me mettait mal à l'aise.

— Je vais le détruire.

Une partie de moi valida ce plan — je soupçonnais mon héritage angélique —, mais une autre, plus rationnelle, le trouvait barbare. Liliah mit fin à mon débat intérieur :

— Si tu le fais, Nath, l'enfer te prendra.

— Je me suis déjà occupé d'enfants de son espèce.

— Sous les ordres du Conseil, lui rappela-elle avec calme, et tu étais en fonction. Là, cet acte pèsera dans la balance et te fera pencher du mauvais côté. Sans compter que tu devras t'opposer à Marielle, et elle sera un obstacle difficile à passer. Il va falloir trouver une autre solution, peut-être des alliés au paradis, parmi les membres du Conseil.

J'essayai d'omettre les missions de Nathanaël, dont l'exécution de nephilims, et me concentrai sur les paroles raisonnables de sa sœur. Je me tournai vers Alex, perdu dans ses pensées. Nos regards se croisèrent, et la même idée sembla nous traverser l'esprit.

— C'est hors de question ! rugit mon déchu en entourant mes hanches.

— Le seul moyen de virer cette marque, c'est une union entre nephilims. Je préfère encore choisir Alex que d'être piégée par Kenan et me retrouver enchaînée à lui.

— Il ne te piégera pas, puisque tu connais sa véritable nature.

— Nath, son pouvoir d'attraction est... encore plus fort qu'un incube avec tous ses charmes déployés. J'y résiste à peine. Pendant le repas, il atteignait le sommet de mon classement et était à deux doigts d'entrer sur ma liste des exceptions.

— La liste des exceptions ?

— Oui, tu sais, sur un malentendu, si Henry Cavill débarquait et voulait une petite bénédiction... qui suis-je pour la lui refuser ?

— Ma compagne, répondit-il du tac au tac.

— Ça, c'est vraiment mignon, roucoulai-je en me jetant à son cou. Oh ! Pardon, pardon ! J'avais oublié que tu étais blessé.

Il ne laissa transparaître aucune douleur, mais j'eus mal à la poitrine pour lui. Pour me donner tort, il s'adossa contre l'oreiller et garda son bras autour de mes hanches. Malgré ces paroles très agréables à entendre, nous devions évoquer la possibilité de ce « mariage » dont rêvait mon père depuis ma Révélation.

— Pour en revenir au sujet principal, c'est une solution à envisager.

— Ne t'avoue pas vaincue si facilement, ma déesse, tu as de la ressource et apprendras à retourner le sort contre lui.

— Je ne m'avoue pas vaincue, mais je suis réaliste. Kenan est mon patron, ça risque d'être compliqué de l'éviter et de refuser ses invitations aux réunions, surtout avec le projet qu'il m'a confié. Il pourrait même me griller dans toutes les grosses maisons d'édition. Un homme comme lui a des relations, pour être sorti de l'Éden et avoir obtenu la place de mon ancien PDG en quelques mois.

— Tu trouveras un autre travail, dans ce cas.

— Mais j'adore ce que je fais !

— Plus que ta liberté ?

Il m'arrivait encore d'oublier les dangers qui me guettaient, les sacrifices nécessaires pour survivre. Je n'étais pas humaine, même si mes parents m'avaient élevée sans différence jusqu'au réveil de mon ange pervers intérieur. Le problème ? Je devais bien vivre selon les lois et codes de ce monde, régi par les mortels.

— Non. Non, c'est vrai que je n'aspire pas à devenir une poulinière.

— Si tu as peur de perdre ce logement, je m'en occupe.

Le sujet arrivait sur le tapis d'une manière très déplaisante. J'ignorais comment il souhaitait s'en occuper exactement, mais la sensation d'une cage dorée qui se refermait autour de moi me donna l'impression d'étouffer.

— J'ai besoin d'être indépendante, même si mes finances apprécieraient que tu aies un salaire. Tu viens de le dire, je ne dois pas m'avouer vaincue. Si je fais un abandon de poste, Kenan pourrait considérer avoir une quelconque ascendance sur moi ou sonnera la saison des amours. Je ne me cache pas des démons, je ne me cacherai pas d'un nephilim, protégé d'un archange ou non. Je suis bien entourée, il faut juste que je trouve le bon équilibre entre boulot et prophétie angélique.

Je restais polie, car ce n'était pas le premier terme qui me venait à l'esprit pour qualifier les délires des Célestes.

— Vous avez tous les deux raison, intervint Alex. L'Union n'a pas découragé Kenan de s'en prendre à ma femme. À moins de tout plaquer et de te planquer pour les siècles à venir, il faudra bien composer avec lui. Mais s'il parvient à obtenir ton accord et à terminer de sceller votre liaison, alors vous serez liés pour l'éternité ou jusqu'à ce que la Mort s'en mêle.

— Au fait, on n'arrête pas de parler de ce lien d'union, mais il sert à quoi, concrètement ?

— Il nous libère des pertes d'énergie. Les bénédictions sont bloquées, mais notre besoin charnel augmente pour nous permettre d'enfanter.

— Ah ! Comme si nous avions besoin de ça !

— Sans compter qu'un nephilim lié ressent les émotions de l'autre, ajouta Nathanaël. Tu vois quel genre de problèmes peut engendrer une telle décision ? C'est bien plus fort qu'un mariage humain.

Je commençais à le comprendre. Il s'agissait d'un véritable engagement, qui touchait les deux parties jusqu'à l'âme. Je tournai mon visage vers Alex, et notre discussion dans la voiture me revint en mémoire. Son regard glissa sur ses chaussures, dissimulant à peine le chagrin et la douleur. D'un bond, je quittai le chevet de mon ange et serrai mon ami dans mes bras.

— Je suis tellement désolée, chuchotai-je à son oreille.

Le pauvre. Il était prêt à prendre le risque de revivre cette horreur en acceptant de devenir mon compagnon, pour me protéger. Je me sentais chanceuse de l'avoir dans ma vie.

— Moi aussi, se contenta-t-il de murmurer à son tour.

Je l'étreignis plus fort, pour chasser ses vieux démons — et ce maudit nephilim. Alex m'adressa un sourire à tomber quand je lui permis de respirer à nouveau.

— On devrait prendre le temps de digérer toutes ces informations et de s'organiser. Liliah, par hasard, tu ne pourrais pas me faire un arrêt de travail ?

— Ça ne devrait pas être très compliqué. Que souhaites-tu comme motif ?

— Euh... je n'ai jamais été malade, alors je te laisse choisir le plus plausible.

— Intoxication alimentaire ? Les symptômes sont proches d'une gueule de bois, une bonne journée de repos est suffisante pour s'en remettre, généralement.

Mon organisme ne gérait pas aussi bien l'alcool que les virus ! Je serais en mesure de répondre à mes collègues s'ils prenaient de mes nouvelles.

— Parfait ! Tu es un ange.

La guérisseuse m'adressa une œillade complice avant de sortir de la chambre. Elle entraîna Alex à sa suite, saisissant son poignet au passage. Il ne restait plus que Hariel dans la pièce, adossé contre le mur, face au lit et à son ancien boss. À ses mimiques et torsions discrètes de la bouche, je devinais qu'il s'entretenait avec Nathanaël de manière télépathique. Il passa une main dans ses cheveux blonds puis soupira.

— Un point pour l'archange, semble-t-il, déduisis-je.

— Je vais obéir aux ordres, même si rester sur la touche ne me plaît pas.

— T'as qu'à t'arranger pour obtenir une mission de surveillance de l'archange déchu qui a contrarié la bourgeoisie infernale en la privant d'une marquise.

— Je suis un exécuteur, pas une nounou. Et le Conseil connaît l'étendue de mon amitié avec Nathanaël. Marielle m'a écarté tout à l'heure, si j'insiste, elle m'enverra chasser la licorne.

— La licorne ?

Ce poney avec une corne au milieu du chanfrein et une crinière arc-en-ciel existait ? Cela dit, Nathanaël possédait un selfie en compagnie de Hariel et de la carcasse d'un dragon...

— Leur crinière n'est ni multicolore ni rose bonbon, m'apprit Hariel, mais elles sont aussi rares que toi.

Je plissai les paupières, dans l'espoir de percer son âme à jour et d'entrevoir la couleur de ses émotions.

— Si tu es envoyé à chasser la licorne, je veux en être.

— Tu la ferais fuir, tu n'es plus vierge, et fricoter avec un déchu laisse des impuretés sur ton âme.

Je haussai un sourcil. Hariel laissait-il sous-entendre qu'il était puceau ? Un si bel ange comme lui, avec ses airs de surfer ? Je rajoutai ce potin à la longue liste du jour. J'avais hâte d'en discuter avec ma meilleure amie !

— Tu devrais te reposer, reprit-il à l'attention de Nathanaël. Je te tiens au courant.

Les deux hommes se saluèrent d'un signe de la tête, puis Hariel m'adressa un clin d'œil mutin, me faisant douter de toutes ces histoires. Quand il eut pris congé, je m'empressai d'interroger Nath :

— Il se moquait de moi avec cette histoire de licorne, hein ?

— Peut-être, peut-être pas, éluda l'archange avec le même air de canaille que son pote avant de retrouver son sérieux. J'aimerais que tu mettes Estelle au parfum, elle pourrait être une alliée de choix, même si les Faucheurs évitent généralement de se mêler des affaires du paradis. J'ai bon espoir qu'elle fera attention à toi, puisque vous êtes meilleures amies.

— Ne t'inquiète pas, lui raconter était en haut de ma *to do list*.

J'avais besoin de partager toute l'histoire dans les moindres détails, seule ma meilleure amie pouvait l'entendre sans appeler un prêtre pour exorciser les effets du nephilim sur ma libido. J'observai mon poignet marqué par Kenan, une violation de mon corps. Les doigts de Nathanaël s'enroulèrent autour et la dissimulèrent. Il m'attira contre lui, dans ses bras, puis déposa un baiser sur ma tempe.

— Elle disparaîtra, je te le promets.

Chapitre six

— Ruth ?

Le jumeau d'Estelle restait planté dans l'encadrement de la porte d'entrée, la poignée toujours dans son immense paume. Il m'observait de toute sa hauteur, la bouche entrouverte, comme s'il s'apprêtait à dévorer un burger avec supplément steak et bacon.

— Ruuuth ? insistai-je.

Il cligna des paupières à plusieurs reprises avant de se décaler pour me laisser un passage vers l'appartement de sa sœur.

— Désolé, j'étais perdu dans mes fantasmes pervers dans lesquels tu ouvrais ta parka sur un ensemble porte-jarretelles rose bonbon, à la dentelle si fine qu'elle craquerait sous mes dents.

Je ne pus m'empêcher de rire devant l'imagination du Faucheur. Ce dernier me suivit du regard en continuant de s'accrocher à la porte telle une bouée de sauvetage. Si j'étais sadique, je prendrais le temps d'enlever mon manteau et de dévoiler mon pull informe, mais j'eus pitié de ce pauvre Ruth.

— Hm. Je crois que tu es encore perdu, non ?

— Ouais. Ouais… Donne-moi quelques secondes. Tu sens la fraise Tagada infusée dans de la vodka, se justifia-t-il en roulant des yeux avec un air rêveur. J'adore ce mélange.

Aucun doute d'après la bosse sous sa ceinture. Après un soupir résigné, il s'arracha à ma contemplation et me précéda dans la minuscule entrée jusqu'au salon.

— Je suis admirative, tu as réussi à trouver une petite place entre les chaussures et les fringues d'Estelle.

Une étagère de chaussures remplaçait l'ancien vaisselier. Elle contenait une partie de la collection, le reste était rangé dans le buffet et le bas de l'armoire de sa chambre, pleine à craquer de vêtements de mode. Tout le salaire de ma collègue passait dans les ventes privées de petits créateurs et de marques connues de tous. Je souhaitais bonne chance à l'homme qui essaierait de s'installer chez elle.

— Je ne prends pas beaucoup de place, rétorqua Ruth.

J'esquissai une moue dubitative alors qu'il m'invitait à le rejoindre sur le canapé, où il empiétait sur les trois quarts de la banquette. Mes fesses parvinrent à s'encastrer entre l'accoudoir et les hanches du Faucheur.

— Estelle m'a dit que tu ne bossais pas aujourd'hui, elle était presque jalouse. Du coup, c'est un peu tôt pour la voir. Oh ! Tu veux un truc à boire ? J'ai acheté de la bière.

— Merci, mais il est trop tôt pour de l'alcool, je viens juste de terminer de m'empiffrer de croissants. Et c'est à toi que je souhaitais parler.

— Moi ? s'étonna-t-il.

— Oui, toi. Pour commencer, j'aimerais te remercier de m'avoir envoyée au paradis plutôt qu'au purgatoire ou... ailleurs. Tu m'as sauvé la vie, Ruth, je t'en dois...

Son index se posa sur mes lèvres, me coupant dans mon élan.

— Rien. Tu ne me dois rien.

— Mais...

— Tu ne m'es pas redevable, Debbie. Ce n'est jamais bon de contracter une dette de vie, ja-mais. C'est contre nature de passer un tel accord avec un faucheur. Mieux vaut se contenter d'ériger un autel en mon nom et de déposer quelques baisers sur une statuette à mon effigie.

Il rit à sa propre connerie.

— T'es complètement dingue, m'esclaffai-je en secouant la tête.

Estelle ne devait pas s'ennuyer avec son jumeau !

— Donc, tu refuses mes remerciements, j'en prends note, mais est-ce que tu accepterais de devenir mon maître d'armes, comme dirait le général des Traqueurs ?

— Laisse-moi deviner, tu as pensé à demander à ton archange de petit ami, mais la perspective de rouler avec lui sur les tapis a fait bondir ta libido ?

— Hey ! On n'est pas tous des débauchés comme toi ! Bon, d'accord, je suis totalement obsédée par l'anatomie de Nath. C'est pas humain d'être si bien fait !

— Techniquement, il n'est pas humain.

— Toi non plus, et un Faucheur, c'est ultra badass. La preuve, même Hariel n'ose pas aborder Estelle, car, je cite, « c'est une Faucheuse ».

— Parce qu'il aimerait l'aborder ? demanda-t-il sans une once d'innocence.

Je savais par Estelle que son jumeau était très protecteur envers elle. Ses yeux plissés et son air froid comme la glace laissaient transparaître son hostilité face à l'éventualité que sa sœur se fasse draguer par l'ange.

— Je ne lis pas dans ses pensées, malheureusement. Et Estelle saura l'envoyer dans les roses si besoin, crois-moi.

— Si tu l'dis.

— Tu n'as pas l'air convaincu.

— Nous avons tous nos faiblesses.

Ce fut à mon tour d'afficher une mine dubitative. Les anges seraient-ils le péché mignon de ma meilleure amie ? Les hommes, elle les aimait plus ténébreux et dangereux. Je ne disais pas que les célestes étaient d'adorables et inoffensives créatures, mais le Traqueur ne remplissait pas toutes les conditions pour qu'elle tombe sous son charme. Enfin, un physique ne faisait pas tout. On ne pouvait pas toujours lutter contre l'alchimie entre deux âmes.

Je m'apprêtais à interroger Ruth sur cette histoire de faiblesses, mais celui-ci revint au sujet qui l'intéressait :

— Je veux bien jouer les professeurs et t'apprendre à frapper où ça fait mal. Mieux, à porter des coups mortels. Je ne connais pas vraiment les avantages que les nephilims tirent de leur héritage angélique, mais j'ai botté assez de culs pour te dire comment te débarrasser des emmerdeurs. Au cas où tu ne pourrais pas te jouer d'eux avec ton charme à se damner pour t'en défaire. Je m'étais bien fait avoir !

Ce souvenir le fit ricaner. Il me jeta un regard en coin, et un sourire fendit son visage quand il remarqua la rougeur de mes joues. J'espérais qu'il l'interprète comme de la timidité alors que ma déesse ouvrait un œil au souvenir de l'imposante partie anatomique sur laquelle elle avait bavé sans gêne. J'assumais cette bassesse, qui s'était révélée très efficace. Peut-être devrais-je développer cette capacité, comme Kenan semblait la maîtriser. Dans ce cas, je ne regrettais pas de m'être tournée vers Ruth, la situation aurait été étrange face à Hariel ! Ou peut-être très drôle pour moi. Ouh ! Je devenais vilaine.

— Tu as quelques notions de combat ? me demanda-t-il.

— Aucune. Mes parents n'ont pas cherché à m'élever comme une nephilim. Je suis meilleure en pâtisserie qu'en sport, sauf en chambre.

— D'un côté, tu te fonds mieux dans la masse. Tu es plus difficile à détecter que tes congénères, ton côté angélique est plus étouffé.

— Tu as déjà croisé des nephilims ?

— Ton petit copain Alex, puis sa défunte femme, quand son heure a sonné. J'étais encore un adolescent, à l'époque.

J'ignorais ce qui me perturbait le plus, le fait qu'il soit le faucheur qui avait achevé la moitié d'Alex ou sa jeunesse au moment des faits. Ruth trancha pour moi :

— Quoi ? Tu pensais qu'Estelle avait ton âge ? Il faut rajouter un chiffre à son compteur.

— L'industrie pharmaceutique ne doit pas beaucoup s'enrichir avec vous qui vieillissez lentement.

— Et plus on compte de siècles, mieux nous sommes.

— C'est vrai que ton paternel est très bien conservé, pour ne pas dire aux goûts de mon ange intérieur.

— Je ne te souhaite pas de le voir sous sa véritable forme, tu trépasserais au premier regard.

— De peur ? supposai-je.

— Oh non ! La Mort n'est pas effrayante, au contraire. Sinon, toutes les âmes prendraient la fuite à son approche. Tu te jetterais à son cou pour l'embrasser, et ce baiser serait ton dernier acte dans le monde des vivants.

— C'est pour cette raison que tu m'as demandée de ne pas te regarder, quand tu m'as sauvée des griffes de Chuna ?

Je me souvenais encore de son injonction à éviter son regard. L'intonation de sa voix m'avait convaincue. À ce moment-là, il était loin d'être désirable, même pour une nephilim affamée.

— Je ne suis pas mon père. Moi, je suis un monstre.

Je jurerais entrevoir un éclair de douleur dans ses prunelles sombres. Ruth était un mâle très imposant, qui ressemblait aux gargouilles protégeant les édifices religieux. Avec ses cicatrices sur son visage, ses ailes membraneuses et ses crocs proéminents, il dégageait quelque chose de sombre et de menaçant. *Flippant.* Pourtant, il m'avait prouvé plus d'une fois que ce physique digne d'un damné cachait un grand cœur.

Le faucheur eut un mouvement de recul, presque imperceptible, lorsque je levai la main pour la poser sur son avant-bras.

— Je vais bientôt te rétamer, alors pas de mièvrerie que tu regretteras !

— Toi, tu es vraiment charmant quand tu veux.

Le faucheur esquissa un sourire provocateur, auquel je répondis en plissant le nez et en faisant la moue.

— Tu es disponible quand pour la castagne ?

— Maintenant, mais pas ici. Ma sœur va nous tuer si on saccage son petit nid douillet.

Il valait mieux éviter de salir son appartement ou, pire, buter contre un de ses meubles à chaussures et désorganiser sa collection rangée par couleurs. Je ne désirais pas m'attirer les foudres d'Estelle !

— Je ne suis pas en tenue de combat, de toute façon, dis-je en désignant mon jeans turquoise et mon tee-shirt blanc.

— Ah ! Tu peux les enlever, si tu veux, tu seras à l'aise.

— Bah voyons ! Et tu vas me traiter d'allumeuse, après.

— Tant que je ne me frotte pas contre toi, je ne m'embraserai pas comme une allumette.

— T'es au courant que pour s'entraîner, on va forcément se toucher ?

— Il faut croire que j'excelle dans la création de mes enfers personnels, répliqua-t-il sérieusement en se grattant la tête. Je suis maso !

Sans blague, me retins-je de le charrier.

— Bref, je vais nous trouver un endroit où on sera tranquille. C'est cool, ça va m'occuper un peu.

— Parce que tu t'ennuies ? Tu fais quoi de tes journées ?

— Je joue aux jeux vidéo, répond-il en désignant la manette sur la table basse.

Je n'avais même pas remarqué la présence d'une console, perdue entre les boîtes à chaussures — oui, il y en avait même dans le meuble télé.

— J'attends qu'un infernal se souvienne de mon existence. Estelle n'a pas voulu parier sur le temps que ça prendra.

Je la comprenais. À sa place, je ne supporterais pas de savoir mon frère lié aux créatures démoniaques.

— Qu'est-ce que tu as fait pour te retrouver assujetti aux démons ?

Sa mine insolente se fissura pour laisser place à une vilaine grimace.

— Je ne souhaite pas en parler.

Il se referma comme une huître. Ruth s'amusait du silence de ses bourreaux, mais refusait de se confier sur les origines du pacte. Je soupçonnais son effronterie d'être une simple façade.

— D'accord, on n'est pas obligé d'évoquer le sujet. Tu veux une bière ?

Il hocha la tête, et je quittai le canapé pour me rendre dans la cuisine. Je me permis de prendre une bouteille ambrée et un des cappuccinos froids qu'achetait Estelle spécialement pour moi.

— Au fait, Ruth. Imaginons qu'une faucheuse un peu psychopathe sur les bords en veuille à tes petits soldats pour mettre en route une créature redoutée dans les trois royaumes et que, toi, tu n'es pas du tout sur la même longueur d'onde. Mais alors, pas du tout ! Pour commencer, tu n'es pas un mâle reproducteur qu'on utilise selon son bon vouloir, et tu es raide dingue d'une autre femme.

De retour avec les boissons, je croisai son regard débordant de curiosité. Les bras sur le dossier du canapé, le corps tourné vers la cuisine, il m'écoutait avec beaucoup d'attention. Il donnait l'impression de regarder une fichue télé-réalité.

— La faucheuse, on pourrait l'appeler... mmh... Alexandra ! choisit-il en insistant sur la dernière syllabe du prénom en ronronnant.

Je levai les yeux au ciel. Alex n'arrivait pas à la cheville de Kenan sur l'échelle des ambitions diaboliques.

— Si tu veux, concédai-je. Donc, comment tu t'y prendrais pour qu'Alexandrrra lâche l'affaire, en sachant qu'elle est très motivée pour concevoir ce bébé. C'est un peu son but dans la vie.

— C'est simple. Je la tuerais.

La bière resta en suspens entre nous. La bouche ouverte, mon regard braqué sur le visage sérieux de Ruth, je cherchais à redémarrer mon cerveau qui s'était brusquement bloqué sur cette réponse.

— Simple et efficace, insista-t-il. Si j'ai pas envie de me salir les mains, je demanderais à un ancien Traqueur de le faire pour mes beaux yeux.

— Et si tu ne peux pas lui demander, car tu le perdrais dans les profondeurs de l'enfer ? m'entendis-je le questionner.

— Alors je commencerais par m'entraîner pour lui foutre moi-même une raclée.

Ruth décapsula la bouteille à l'aide de ses dents avant de boire plusieurs rasades. Perdue dans mes pensées, je m'assis sur l'accoudoir et manqua de perdre un ongle en ôtant le couvercle en plastique de ma boisson sucrée. J'en pris une gorgée, mais le goût fut amer.

— On ne pourrait pas opter pour une solution moins... radicale ?

— Tu pourrais engager un chasseur ou t'arranger pour qu'il tombe entre les mains d'un prince de l'enfer, mais je te déconseille de traiter avec les démons. Ça se termine toujours mal, tu en sais quelque chose.

— En effet. Je préfère éviter, d'autant qu'un des archanges du Conseil veille sur sa précieuse fertilité, ajoutai-je en faisant la grimace.

Je perçus le trouble chez mon voisin de canapé, qui m'observait derrière ses longs cils noirs. Il devait chercher la pièce manquante de ce puzzle complexe.

— Attends, on ne parle pas d'Alexandriel, n'est-ce pas ? Car, je suis certain que le nephilim n'a pas d'ange gardien. Il n'est pas très copain avec les emplumés.

— Kenan, ça te dit quelque chose ? lâchai-je sans faire durer le suspense.

À son expression, je compris que cet homme lui était inconnu.

— Vous parlez de notre patron sans moi ?

La voix d'Estelle claqua dans le salon comme un coup de talon sur un parquet flottant. Je bondis de surprise, expédiant le reste de mon cappuccino sur le tee-shirt sombre du faucheur.

— Tout ça pour que je me mette nu, gloussa Ruth.

— Seigneur, Estelle ! Tu veux que je fasse un arrêt cardiaque ? m'écriai-je, encore affolée. Qu'est-ce que tu fais là ? Tu n'es pas au travail ?

— C'est plutôt à moi de te poser cette question. Ma meilleure amie boit un cappuccino dans mon salon sans que je sois là. C'est un véritable scandale !

Elle posa le dos de sa main sur son front avant de basculer la tête en arrière, dans un geste théâtral. Je ne pus m'empêcher de rire, même si mon cœur cognait toujours contre ma poitrine.

— Plus sérieusement, pourquoi n'ai-je pas été conviée à cette réunion ?

Elle s'installa sur la place libre, à côté de son frère, et je retrouvai la mienne sur l'accoudoir.

— Désolé, j'ai voulu la narguer et j'ai cafté que tu étais là.

Je ne me souvenais pas de l'avoir vu dégainer son téléphone pour la prévenir. À la vitesse où Estelle avait rappliqué, soit elle s'était téléportée, soit... ma liste s'arrêtait là. Je creuserai le sujet plus tard. Pour l'instant, je préférais expliquer les raisons de ma haute trahison.

— J'ai demandé à Ruth de m'apprendre quelques techniques de self-défense. Au cas où, tu vois.

— Attendez, c'est de ça que vous avez parlé toute la nuit, déjà ? demanda Ruth.

L'air grave, elle hocha la tête. Nous avions déjà passé de nombreuses heures à discuter de mon déjeuner avec monsieur Leroy. Notre conversation s'était achevée tard ou très tôt, selon le point de vue adopté. Si nous étions de simples humains, nous aurions de profondes poches sous les yeux, mais nos natures nous préservaient de la tête de zombie au réveil. Le faucheur fronça les sourcils, puis résuma :

— Arrêtez-moi si je me trompe, mais le nephilim que tu cherches à évincer est votre nouveau patron, et il est le petit protégé d'un archange. Je peux me permettre d'être honnête, Debbie ? Tu devrais vraiment le tuer, l'envoyer dans l'Éden ou, mieux, rôtir en enfer.

— Je ne risque pas de terminer moi-même à griller en enfer ? Déjà que mon aura n'est plus aussi lumineuse qu'avant, selon Hariel.

— Mais non ! essaya de me rassurer Ruth. Ça ne fonctionne pas comme ça, pour nous. Pas vrai, sœurette ?

— Si personne ne te pousse dans un portail de ton vivant ou n'altère ton essence, oui. Les surnaturels ne sont pas jugés comme les humains, chaque créature rentre dans une case bien définie. C'est la Mort qui gère tous les flux.

Je fis mine d'assimiler avec facilité cette logique, mais tout ceci était très abstrait. Un éclair de lucidité traversa alors mon esprit, et je m'empressai de partager mon idée avec les jumeaux.

— Ruth, si on devait en venir à cette solution radicale, tu me ferais un prix d'ami ?

Le faucheur jeta une œillade à Estelle, qui pinça les lèvres.

— Ça aussi, ça ne fonctionne pas de cette manière.

— On ne peut pas t'aider, Deb, affirma Estelle. Du moins, pas directement. Les faucheurs ne doivent pas s'en prendre aux Vivants, sinon notre père nous tombe dessus et nous fait passer un sale quart d'heure. Et je ne te parle pas d'un sermon paternel, mais d'un savon qui te décape jusqu'à l'os.

Plusieurs mystères attirèrent mon attention dans cette réponse, mais je retins que la faux des jumeaux ne s'abattrait pas sur Kenan.

— On ne restera pas les bras croisés, mais on ne sera pas les exécuteurs, compléta Estelle, comme si elle lisait dans mes pensées.

— J'ai du mal à comprendre, avouai-je.

— Disons qu'un faucheur a un peu abusé de ses talents mortels, que les conséquences ont été fâcheuses et que la Grande Faucheuse tient à ce que nous en restions à notre rôle. Récolter les esprits égarés, veiller au respect du cycle, protéger les âmes des appétits démoniaques et des ambitions angéliques, bla-bla-bla, termina Ruth en dodelinant de la tête.

Des mimiques et des grimaces déformaient ses traits. Il imitait quelqu'un, sans doute son géniteur, en plein discours moralisateur. Estelle lui adressa un regard sévère, qui le dissuada de poursuivre. Cette œillade de tueuse me fit ravaler mes questions. De son côté, Ruth noya son sarcasme dans la bouteille de bière, les lèvres écrasées contre le goulot. Était-il le faucheur en question ? Certainement.

— Bref ! Un entraînement ne te fera pas de mal. On finira bien par trouver une solution pour Kenan, ma poulette.

Elle m'en fit la promesse. Ruth rajouta que je n'avais pas à m'inquiéter. *Ah ouais ?* Mon instinct me hurlait tout le contraire. Le pire ? Je me rendais compte que les jumeaux ne partageaient pas facilement leurs secrets. Les séances d'entraînement délieraient peut-être la langue bien pendue de Ruth... ou ma meilleure amie trouverait le courage de tout me révéler. J'espérais qu'Estelle lèverait le voile avant que je ne mette les pieds dans le plat.

Chapitre sept

— Tu marches comme un canard, Debbie. Tu as vraiment fait une intoxication alimentaire ?

Malgré sa remarque douteuse, le ton d'Anna reflétait son inquiétude. Elle m'observait, comme si elle possédait la capacité de voir au travers de mes vêtements pour discerner d'éventuelles blessures. Je la vis même inspirer, me faisant douter de mon odeur corporelle.

— Je vais mieux, promis. Le homard ne devait pas être frais.

— J'espère que tu as fait une réclamation au restaurant, surtout avec un chef étoilé en cuisine, c'est vraiment inadmissible. Ça peut être très grave, une intoxication ! À ta place, je leur mettrais un sale avis sur internet, c'est le minimum.

Je haussai les épaules. D'une certaine manière, j'enviais Anna et ses problèmes d'humaine, de se monter la tête pour de grosses crevettes à la fraîcheur passée. Moi, je devais composer avec des démons avides et des anges calculateurs.

Ceci dit, un de ces beaux spécimens occupait mon cœur et mes pensées. Serait-ce le cas si j'étais dénuée de sang surnaturel ?

— Entre deux ouvrages, je m'en occuperais.

— Sinon, tu me dis, je rédige l'avis. Ça va être tellement salé qu'ils t'inviteront pour se faire pardonner.

— On dirait que tu sais de quoi tu parles, tu l'as déjà fait ?

— C'est mon rituel après chaque nouveau restaurant.

Maintenant, j'imaginais Anna, un verre de rosé à la main, devant son ordinateur, à rédiger des commentaires négatifs comme une grande critique culinaire.

— Tu devrais postuler dans une maison d'édition avec une collection cuisine.

— Ce serait le pied ! Tu imagines ?

Nous nous perdîmes dans nos rêves quelques minutes. Les miens ressemblaient à une gigantesque bibliothèque de romans jeunesse et jeune adulte, tous réalisés sous ma direction.

— Euh... les filles ? nous appela Estelle. Ryan Gosling vient d'entrer dans les toilettes des femmes ou...

— Gosling ? grimaça Anna.

— Si c'était Momoa, vous seriez en train de défoncer la porte, je me trompe ?

— C'est pas faux ! ris-je.

— Debbie est en couple, donc JE défoncerais la porte pendant qu'elle s'assurerait que personne ne vienne nous interrompre.

— Nan, désolée, mais tu vas devoir partager, Jason est sur sa liste des exceptions à la fidélité.

Je répondis au coup d'œil sombre d'Anna par un sourire innocent qui ne la trompa pas.

— Ma liste est aussi longue que mon bras, complétai-je.

Elle leva les yeux au ciel avant de rire doucement.

— Je la soupçonne de noircir tout un carnet, ou presque. Bref ! Vous êtes prêtes ? La convention du groupe est dans deux heures, et je refuse d'être installée au premier rang comme l'année dernière. On ne pourra pas critiquer nos collègues, c'est la seule véritable distraction de cette réunion géante. Je vous rappelle que le réseau est brouillé dans la salle, ce sera la moooort si on se retrouve obligées d'écouter leurs discours complaisants et de rire à leurs blagues de grands chefs.

C'était cocasse d'entendre ce genre d'expression dans la bouche d'une faucheuse.

— OK. OK ! l'arrêtai-je en levant les mains. On ne voudrait surtout pas que tu meures d'ennui. J'éteins mon ordinateur puis on peut y aller.

Sur ces bonnes paroles, je quittai les toilettes des femmes, rejoignis l'*open space* et saisis ma souris pour fermer les applications avant de verrouiller la machine. Mon sac sur l'épaule, je retrouvai mes deux collègues devant les portes de l'ascenseur, tenues par une Estelle impatiente.

— Tom ne se joint pas à nous ?

— On lui gardera une place, me répondit Anna. Il doit terminer un truc à faire pour hier.

— Pendant que toute la rédaction sera à la fête, soupirai-je.

— Pour changer.

Le trajet en métro défila à toute vitesse, au rythme de nos discussions. Nous foulâmes rapidement les marches du théâtre où se déroulait la convention de la société, un bâtiment moderne et luxueux. Les cancres dans notre genre, qui souhaitaient se cacher au fond de la salle, étaient déjà présents, comme les lèche-bottes, en plein lustrage. Les talons d'Estelle claquèrent sur le marbre, attirant l'attention sur nous. Les regards curieux, envieux et jaloux ne la firent pas ralentir. Telle une reine sur son territoire, elle poussa la porte en verre menant à la salle du buffet, puis se planta face à l'entrée du théâtre.

— On dirait que nous ne sommes pas les seuls à vouloir des places à l'arrière, murmurai-je à l'oreille d'Estelle.

Un attroupement de collègues patientait, prêt à s'arracher la rangée la plus éloignée de la scène.

— Tssss ! Les mecs de l'informatique. Je comprends mieux pourquoi je n'arrivais pas à joindre un technicien, tout à l'heure. Il va falloir la jouer fine...

J'eus envie de lui dire qu'elle en faisait peut-être trop, mais un sourire enjôleur dissimula son regard conspirateur.

— Hey ! Jérôme ! l'interpella-t-elle en passant au travers du groupe pour le rejoindre. Tu es déjà là ?

— Très discret, fit remarquer Anna.

Je l'observais, amusée, s'approcher du rouquin et jouer de ses charmes jusqu'à s'appuyer contre la porte. Comme Anna, ma meilleure amie parvenait à se concentrer sur des futilités.

Depuis ma Révélation, ma vie était devenue... compliquée. Il semblait que le chemin vers l'acceptation de ma véritable nature, ou de ses dangers, soit encore long. Dans quelques décennies, peut-être aurais-je relativisé et me prendrais-je la tête avec des banalités, à m'en faire des nœuds au cerveau.

En attendant, une sensation de démangeaison m'inquiéta. Je grattai mon bras, mais les picotements ne s'estompèrent pas. Mes ongles strièrent la marque laissée par le nephilim. Je fis mine de contempler la salle, à la recherche de mon péché mignon, pour dissimuler mon trouble à Anna. Ce fut à ce moment-là que nos regards se croisèrent. *Kenan.* Dans son costume impeccable, il écarta les premiers arrivés. Ils firent tous un pas en arrière, se rangèrent presque en rang, poussés par la prestance écrasante du mi-céleste. Du coin de l'œil, je vis un des techniciens manquer de lui baver dessus, les joues rosies. Kenan ne lui prêta aucune attention, tout son être focalisé sur moi. Un vrai missile à tête chercheuse qui fonçait sur sa cible.

Faites qu'un miracle le dévie de sa trajectoire! Je ne souhaitais pas appliquer un de mes exercices d'entraînement : la revisite du service trois-pièces selon Debbie. Le faucheur restait traumatisé par la prise d'otage de son cerveau primaire, mais il m'avait confié que ce coup bas fonctionnait sur la presque totalité des mâles.

— Debbie, tu tombes bien.

La brûlure au poignet se calma, mais un mauvais pressentiment remplaça cet inconfort. Je ne le sentais pas. Pas du tout !

— Monsieur Leroy, le saluai-je aussi poliment que possible.

— Tiens, enchaîna-t-il en me tendant une feuille sortie de sa pochette. C'est le sujet sur lequel je souhaite que tu interviennes. Marielle t'appellera quand ce sera à ton groupe d'intervenir.

— Mais…

Ma tête se vida. Il me demandait — m'ordonnait, plutôt — de monter sur scène, pour présenter le projet rejeté par les rédacteurs en chef. Pourquoi ? *Qu'ai-je fait au bon Dieu ? Je voulais un miracle, pas un aller simple pour l'enfer !* Je détestais parler en public.

— Tu n'auras qu'à *jouer* de tes charmes, susurra-t-il à mon oreille.

Je ne parvins pas à interpréter le ton de son conseil. Confiant envers mon projet ou gorgé de son propre orgueil. À moins que ce ne soit de la condescendance. Rah ! Le temps que je recouvre mes esprits pour protester et l'envoyer paître, il avait traversé les portes. Je n'allais pas lui faire le plaisir de courir derrière lui, encore moins avec le regard de mes collègues braqués sur ma petite personne. Même Anna affichait une mine choquée, la mâchoire décrochée.

— Tu m'expliques ? s'écria-t-elle, les yeux écarquillés.

— Non, je crois que la grosse crevette n'est pas sortie en entier.

— Le homard, tu veux dire.

La nausée me retournait l'estomac, mais le pire, c'était les brûlures au niveau de la marque, comme si elle me poussait à répondre à l'appel du nephilim. *N'importe quoi !*

— Ça va ? me demanda Estelle, qui avait délaissé son avantage pour nous rejoindre.

Une vraie amie.

— Je dois monter sur scène et… et je suis tellement stressée que je n'arrive même pas à lire ce qui est inscrit sur cette feuille. Bordel. J'ai chaud. Trop chaud, et je… Il faut que je baise !

— Je veux bien te rouler une pelle, si ça peut te détendre, proposa-t-elle en haussant les épaules.

Un raclement de gorge attira notre attention. Un des informaticiens m'adressa un sourire graveleux. Il leva le doigt, fier de détenir une solution à mon problème avoué sans filtre.

— C'est une conversation privée, au cas où tu ne l'aurais pas remarqué ! l'agressa Estelle. Alors, dégage.

Un frisson remonta le long de mon échine. Le grand blond ravala son sourire et perdit des couleurs, avant d'obéir en partant à grandes enjambées. En fait, je me rendis compte que si elle voulait entrer la première, Estelle n'aurait qu'à le demander. Comme le pouvoir de séduction du nephilim avait fait son effet sur les humains présents, l'essence de faucheuse possédait le sien. Au moins, cela m'avait un peu refroidie. *Un peu.*

— Il vaut mieux éviter de titiller mes pulsions.

— Euh…

Estelle et moi tournâmes notre visage vers Anna, qui nous observait avec des yeux ronds. Elle s'était écartée de plusieurs pas. Ses mains frictionnaient ses bras, recouverts de chair de poule.

— J'ai l'impression d'avoir loupé un épisode, là.

— Une saison complète, corrigea Estelle. Tu veux bien piquer une bouteille d'eau sur une des tables, je doute que renverser le seau à champagne sur la tête de Debbie avant de monter sur scène soit une bonne idée. Quoique...

— T'es un génie !

— Je sais, gloussa la faucheuse. Il te reste encore deux vœux !

Trempée jusqu'aux os, il me serait impossible de répondre à l'appel de Marielle et de me ridiculiser devant une horde de spectateurs à la recherche de la moindre distraction pour se divertir. Quelle merveilleuse idée ! Estelle attrapa Anna par la main afin qu'elle l'aide à réaliser ce plan machiavélique. Le désir s'atténua, devenant plus supportable. Je lus le petit discours préparé par Kenan. Les mots vaguaient sur des clapotis, l'ouragan était passé. Pourtant, j'oubliais chaque phrase après lecture, comme si mon cerveau refusait de se rendre à l'évidence. À la place, il préféra dessiner le portrait de Nathanaël sur la feuille. *Rouh* ! Ma déesse intérieure ronronna de plaisir.

Malheureusement, quand je relevai mon nez de la présentation, ce ne furent pas les iris obsidiennes de mon déchu que je croisai, mais le regard un tantinet perché de Marielle. Pour un archange influent du Conseil, elle donnait l'impression de ne pas avoir la lumière à tous les étages. Elle portait une robe à fleurs, des bottines fourrées malgré les températures printanières et ses cheveux semblaient avoir été séchés par d'énormes ventilateurs.

— Debbie ! Je vois que monsieur Leroy t'a déjà remis les documents.

Sa main droite se posa sur mon avant-bras. J'eus envie de la retirer, mais je ne parvins pas à bouger. Sous ma peau, je sentais une puissante vibration, qui me clouait sur place.

— Tu as des questions ?

Une seule : pourquoi moi ? J'ouvris la bouche pour la poser, mais elle s'envola de mon esprit. D'un coup, je m'apaisai. Je refermai les lèvres, en sachant pertinemment que quelque chose clochait.

— Bien. On se revoit sur l'estrade, alors ! dit-elle, toute guillerette.

Elle me planta là, en fredonnant. Estelle sortit de sa cachette, une énorme colonne dorée, et vint s'enquérir de mon état après cette entrevue des plus étranges.

— Il vient de se passer quoi, là ?

— T'as toujours envie de t'envoyer en l'air ?

— Non. Enfin, j'en ai toujours besoin, mais la fringale est passée.

— Alors, elle t'a détendue. Papa a le même don, mais tu as tendance à y rester. Je déteste quand il s'en sert !

Dans d'autres circonstances, je trouverais ce pouvoir très agréable, mais je n'aimais pas que Marielle se soit passée de mon consentement. Kenan lui demandait-elle de restreindre sa nature? Possible. Je préférais la méthode Nathanaël : addictive, jouissive et très efficace !

En parlant du loup, je pressentis la présence de l'archange avant même de poser mon regard sur lui. Il portait le même costume que lors de nos ébats dans les archives, la cravate en moins. Roh ! Son charisme magnétique balaya les efforts de Marielle pour dissiper mes envies peu recommandables envers un ange de haut rang.

— Nath ? Que fais-tu ici ?

— J'ai entendu ton appel, alors j'y réponds.

C'était aussi simple que ça.

— Désolée, j'ai paniqué et...

— Pour quelles raisons ? me coupa-t-il, la mine sombre.

— Kenan a décidé de m'inclure à la présentation du projet de refonte des processus pour la réalisation des ouvrages. Je dois dire ça, continuai-je en montrant le feuillet, devant des millions de personnes !

— Trois cent soixante environ, me corrigea Estelle.

Oui, bon, j'avais peut-être exagéré.

— Je vois. Je vais te sortir de ce traquenard.

— Non.

Nathanaël haussa un sourcil, et j'avouais avoir du mal à comprendre cet élan de confiance qui me poussait à accepter cette mission.

— Non, je vais y arriver. Ça se trouve, les rédactions n'oseront pas mettre en échec mon projet après cette intervention. Ils seront obligés de plier ! Ils risquent de détester le procédé, de s'être fait forcer la main de cette manière, mais on tient notre chance. Notre cadence de travail est vraiment infernale !

— Mh. C'est à se demander pourquoi tu t'infliges cet enfer, dit Nathanaël, perplexe.

— Parce que j'ose espérer que ce boulot sera un tremplin vers le poste de mes rêves !

Le silence qui s'imposa me blessa. Nathanaël m'observa au travers de ses lunettes de soleil, impassible. Je ne me démontai pas, profitant de cet élan d'orgueil offert par Marielle. Finalement, le déchu hocha la tête.

— Je n'avais pas mesuré à quel point tes ambitions étaient grandes. Si c'est ce que tu souhaites, alors je te soutiens, ma jolie déesse.

Sans aucune discrétion, il passa un bras possessif derrière mes hanches, puis se baissa pour capturer mes lèvres. Si je ne faisais pas la une du magazine people interne de ma boîte avec toute cette attention rivée sur moi…

Du coin de l'œil, je vis Anna revenir avec un saladier débordant de glaçons. Elle s'arrêta à une certaine distance de nous, avisa le récipient, puis reporta son attention sur nous.

— Quelqu'un veut un rafraîchissement ? plaisanta-t-elle en nous présentant le bac.

Par solidarité féminine — et parce qu'elle se retrouvait dans cette situation à cause de nous —, Estelle et moi fîmes mine d'être intéressées et prîmes le temps de choisir notre morceau de glace comme si elle portait un plateau de diverses mignardises.

— Quoi ? Tu n'aimes pas les glaçons ? demandai-je à Nathanaël en surprenant son attitude critique.

Je me retins de l'aguicher avec des gestes tendancieux, et compris à son sourire qu'il voyait toutes les images indécentes de mon esprit.

L'ouverture des portes nous reconnecta à la réalité. Nos collègues se désintéressèrent de notre petit spectacle pour s'engouffrer dans la pièce. Anna s'éclipsa avec son saladier, et Estelle promit de lui garder une place.

— Tu nous accompagnes ? m'étonnai-je en voyant Nathanaël nous emboîter le pas.

— Je ne voudrais pas manquer ta prestation.

— C'est vilain, ça !

— Tant mieux, puisque tu as un faible pour les vilains anges.

Ce n'était pas faux !

Nous nous installâmes dans les derniers rangs, comme espéré par Estelle. Nous fûmes rapidement au complet, ou presque, et tous les sièges de la salle furent comblés. La conférence commença par un discours de l'ancien PDG qui introduit son remplaçant, au sourire à faire tomber les petites culottes. Soudain, une vague de froid me fit frissonner, la même provoquée par ma meilleure amie plus tôt.

— Estelle, tu vas bien ? m'inquiétai-je.

— J'ai un mauvais pressentiment.

— Quel genre de mauvais pressentiment, exactement ?

J'avais ma petite idée, qui n'annonçait rien de bon.

— Une vision de mort ? compléta plus précisément Nathanaël.

— Pas encore.

— *Pas encore*. C'est très rassurant, ricanai-je, nerveuse.

— Tu ne sens rien, toi ? demanda Estelle à Nathanaël.

— Si, je partage tes impressions.

— Parfait ! Dans ce cas, je suis prête à me défiler et à revoir mes ambitions à la baisse. On va se boire un mochaccino en terrasse ?

Ni Estelle ni Nathanaël ne me suivirent. Le regard de l'archange scrutait tout, comme s'il possédait un rayon laser dans les pupilles. Ce que je lus dans celui d'Estelle était tout aussi inquiétant. Ses yeux brilleraient avec le même éclat si j'agitais sous son nez le dernier vernis de la collection printemps-été assorti à ses escarpins vert amande.

— Alors, on y va ? insistai-je

— Je dois rester, répondit-elle. C'est un appel, il faut que je sois là.

— Moi aussi, me dit Nathanaël. Si des démons se joignent à la partie, je suis en mesure de gérer la situation et de protéger les humains.

Rien que ça. Le syndrome du superhéros de mon ange se portait à merveille.

— Vous êtes conscients que ça pue jusqu'à l'autre bout de la Terre, hein ?

— Emmène ta collègue, nous vous retrouverons quand on en aura terminé, m'intima Nathanaël.

Mes instincts me soufflèrent d'éviter de me rebiffer pour cette fois, mais le grand patron — pas le grand manitou — en décida autrement. Kenan introduisit les efforts du service production dans la démarche de rentabilité et d'amélioration de la qualité. La silhouette de Marielle se détacha dans la pénombre, au bout de l'allée. Elle me fit signe d'avancer dans sa direction, et je m'exécutai.

Ses doigts me poussèrent vers l'escalier menant à l'estrade. Je descendis l'allée, la tête de plus en plus vide. Sereine, je montai les marches jusqu'à la dernière, sans me retourner. En haut, Kenan m'accueillit, un sourire satisfait aux lèvres. Tout en marchant vers le milieu de la scène, j'observais ma main dans la sienne. Nathanaël était l'incarnation de la vaillance, de la combativité et de la force des anges ; le charisme de Kenan exaltait, sa prestance offrait une sensation différente de puissance, elle était source de pouvoirs. À cet instant, face à l'assemblée, je me sentis grande. *Géante.*

Mon cœur en eut le vertige.

Le bruit strident d'une alarme me fit redescendre sur Terre. Les éclairages m'empêchaient de voir la réaction des spectateurs, mais l'équipe technique ne tarda pas à débouler sur la scène. Le régisseur invita tout le monde à sortir dans le calme, à suivre les agents de sécurité, formés à ce genre d'exercices.

— Ah ! s'exclama Marielle.

Sa voix me fit sursauter. Je ne m'attendais à l'entendre si proche de nous.

— Nathanaël est toujours aussi efficace. Il nous manque au paradis.

Je dardai sur Marielle un regard totalement hébété.

— Allons, allons, ne traînez pas ! poursuivit-elle en nous poussant comme deux gamins trop curieux. L'enfer se déchaînera bientôt et fuir demandera davantage d'ingéniosité.

Pour appuyer son propos, une détonation résonna dans l'immense pièce, provoquant des hurlements et un mouvement de panique. Mes pensées explosèrent comme une bulle de savon. La peur me vrilla l'estomac, une crainte dirigée vers mes amis humains. Je n'avais pas eu le temps de conseiller à Anna de sortir. Est-ce que Tom était toujours à son bureau ? Seigneur...

Kenan raffermit sa prise sur ma main et m'obligea à le suivre. Je me dévissai la tête dans l'espoir d'apercevoir mes collègues, mais Marielle déplia ses ailes blanches, d'une incroyable envergure. *Très discret.* Un démon se matérialisa juste devant elle. La dernière image que j'emportai me troubla. L'archange décapita son assaillant avec une facilité déconcertante avant de prendre son envol et de percuter une masse imposante et sombre.

— Nathanaël ! hurlai-je à son attention.

La main de Kenan obstrua ma bouche, renvoyant mon cri au fond de ma gorge.

— Shhht. Laisse les archanges se chamailler, c'est ce qu'ils savent faire de mieux.

Je remuai telle une damnée pour me libérer et parvins à mordre ses doigts jusqu'au sang. Kenan grogna férocement et retira sa salle patte de mes lèvres, mais sa paume broya mon poignet.

— Puisque tu es d'humeur joueuse, *chamaillons-nous*.

J'eus envie de lui arracher son sourire, car dévier le regard pour me préserver de toute son amoralité était une très mauvaise idée. Une vague de chaleur déferla dans mes veines lorsque son nephilim intérieur — je refusais de l'appeler « son dieu » ! — transpira par tous les pores de sa peau. Sa beauté me coupa le souffle, encore une fois. Je m'accrochai aux paroles de Nathanaël, à sa confiance en ma capacité à lui résister, et fis de mon mieux pour échapper à sa main tentatrice. J'esquivai une nouvelle fois, puis une autre, avant de mettre en pratique les cours de Ruth et de le frapper au foie.

— Si c'est censé être une danse nuptiale, tu devrais prendre des cours, me moquai-je.

L'ego de monsieur Leroy était sensible, car il gronda dans une langue inconnue, sans doute des jurons. Apparemment, je venais de l'énerver. Beaucoup. On était deux à être de mauvaise humeur ! Sauf que les conséquences se révélaient plus fâcheuses pour moi. Kenan fondit sur moi et me frappa au visage, faisant briller des étoiles sur une toile noire. Je préférais le scintillement dans les yeux de mon archange. J'aurais aussi aimé que ses bras me rattrapent plutôt que ceux du nephilim, avant que cet enfoiré ne me plonge dans les ténèbres.

Chapitre huit

À peine extirpée des limbes d'un sommeil sans rêves, la panique inonda mes veines. J'ouvris les paupières sur une chambre inconnue, au mobilier très moderne. Ma terreur redoubla à la sensation d'entrave autour de mon corps. Je me débattis comme un beau diable jusqu'à tomber du matelas — semblable à un nuage — sur le sol, constitué d'une moquette duveteuse. Après de longues secondes de combat supplémentaire, je parvins à m'échapper de... la couverture dans laquelle je m'étais enroulée. Sans grâce, je me remis sur pied et tournai sur moi-même. Des fenêtres et des portes, mon instinct de survie n'en demandait pas plus !

Je me jetai sur la première, qui donnait accès à une salle de bains luxueuse. Dans d'autres circonstances, la baignoire spa m'aurait fait de l'œil, ainsi que la douche capable d'accueillir un archange, les ailes déployées. Je rêvais où elle faisait sauna ? *Bref !*

La deuxième débouchait sur un salon, toujours moderne, tapissé de fresques rappelant des scènes du jardin d'Éden, mais la jeune femme portait des tuniques et tenait une grenade — le fruit, hein — entre ses mains. Aucune âme qui vive ne se prélassait sur le gigantesque canapé en forme de « U ». Je m'engageai dans l'espace, à la recherche d'une échappatoire. Le panorama au travers des immenses baies vitrées s'imposa alors à moi. L'océan, à perte de vue. À droite, l'océan. À gauche, l'océan. Maintenant, j'entendais le ronronnement d'un moteur et percevais un léger mouvement d'oscillation.

Je suis sur un bateau.

Le nez pressé contre la vitre, je vérifiai cette théorie. *Je suis sur un bateau.* La coque poussait l'eau, formant une écume blanche sur laquelle brillait un arc-en-ciel à chaque vaguelette cassée. J'étais sur un *putain* de bateau. La nausée me gagna, mais je ne trouvai aucun moyen d'ouverture des fenêtres pour prendre l'air. Je reculai jusqu'à buter contre l'assise du canapé, sur laquelle je tombai, interdite.

Les yeux fermés, j'en appelai à mes derniers souvenirs. La pression de mes doigts sur mes tempes m'aida à rassembler les pièces du puzzle, mais peina à calmer les battements frénétiques de mon cœur. La conférence ; la présence de Nathanaël ; l'escalier vertigineux vers l'estrade ; le toucher de Kenan ; le sourire de Kenan ; le coup de Kenan ; cet enfoiré de Kenan ! Ce furent mes dernières pensées avant la perte de connaissance. Ce qui voulait dire...

— Te voilà réveillée, mon petit ange.

Sa voix m'agressa les tympans. Une grimace déforma les traits de mon visage. D'un bond, je fus debout, prête à en découdre avec le nephilim. Il s'était changé, portait une tenue plus décontractée, un simple polo et un pantalon en lin à un million de dollars. Un parfum suave et luxueux se dégageait de sa personne, moins agréable que l'odeur vanillée de mon archange sexy.

— Où sommes-nous ? demandai-je, sur la défensive.

Kenan s'installa sur le canapé, croisa les jambes et but tranquillement une gorgée de son café. J'allais répéter la question avec moins de courtoisie quand il se décida à me répondre, à la manière d'un ange.

— Tu ne le *sens* pas ?

Je plissai les yeux. Son ricanement me fit l'effet d'une gifle, une humiliation.

— Bienvenue à bord de l'Éden, ma chère.

Mon regard se porta sur les tableaux, qui m'avaient rappelé ce fameux jardin. Parlait-il de l'Éden évoqué après notre déjeuner ?

— Eh oui, l'Éden est un yatch, dit Kenan comme s'il lisait dans mes pensées. C'est un navire depuis de nombreux siècles, traversant les mers et océans, toujours en mouvement. Les nouvelles technologies ont exigé quelques ajustements, dont l'abandon de notre vieux voilier, mais il est indétectable et introuvable, tel un bateau fantôme. Enfin, il l'est, en quelque sorte.

Il paraissait s'amuser comme un petit fou. Je ne distinguais aucun esprit dans le salon, mais mes connaissances en ésotérique frôlaient le néant. Étions-nous capables de percevoir les défunts de notre espèce ? Aucune idée, et une autre question me vint en tête.

— Qui le pilote ? m'inquiétai-je.

J'eus envie de lui faire ravaler son soupir d'exaspération.

— Les esprits des nephilims.

Comment cela fonctionnait-il ? D'un côté, ma curiosité était piquée. De l'autre, des images de bateaux pirates et de marins monstrueux me firent frissonner. Je n'étais pas sûre de vouloir croiser ces matelots, finalement.

— Ils acceptent de te protéger ?

— Ils n'ont pas le choix, répondit-il avec un sourire en coin.

Pourquoi ? Avec ce qu'il osait faire endurer aux siens, comment pouvaient-ils veiller sur sa vie ? Les questions fusaient et s'entremêlaient, mais je refusais de les adresser à mon interlocuteur, qui mit fin à cet interrogatoire.

— Au fait, si tu espérais faire escale, n'y compte pas trop. Avec ton déchu à nos trousses, l'Éden est actuellement en vitesse de survie. Il continuera tant que l'archange ne renoncera pas. On dit que les Traqueurs sont particulièrement têtus et avides de chasse, c'est vrai ?

Il m'avait traînée ici en connaissance de cause. Il savait que Nathanaël me chercherait sans relâche, s'assurant la protection de l'Éden et de son équipage. Si je me jetais à l'eau, me trouverait-il avant que le capitaine fantomatique ne fasse demi-tour ? Je n'avais pas envie de prendre le risque d'être découpée en rondelles par les énormes hélices du bateau.

— L'attaque des démons, c'était toi aussi.

— Non, mais l'enfer est prévisible. Avec la rumeur d'un couple de nephilims réuni dans la même salle, les infernaux allaient tenter leur chance. Et j'ai saisi la mienne.

Révoltée, j'inspirai profondément afin de retenir le flot d'insultes qui menaçait de déborder de mes lèvres. Ce fut peine perdue quand je pensais à Anna et à tous mes collègues mis en danger, alors que Kenan aurait pu éviter les dégâts. Avec la réaction d'Estelle, prête à dégainer sa faux, des vies avaient dû être prises...

— Tu es vraiment le pire des connards.

La lueur dans ses iris me fit reculer d'un pas. Je comprenais mieux les raisons pour lesquelles mon paternel l'apparentait à un fils de démon, il possédait la même violence dans le regard.

Je m'éloignai encore lorsqu'il se redressa.

— Je pourrais te corriger pour ton insolence, t'apprendre le respect, mais je me connais... et je ne voudrais pas abîmer ma moitié.

— Je ne suis pas ta moitié. Plutôt crever.

— Ça viendra, tu supplieras. Et oui, je confirme, tu vas mourir en mettant au monde mon quatrième fils.

Son quatrième fils. La Mort était-elle le dernier sur la liste des cavaliers à naître ? *Oh Seigneur*. Il feignit d'être peiné par l'éventualité de ma mort en couche, avant de hausser les épaules et de me tourner le dos. L'idée de le prendre à revers me traversa l'esprit, mais je doutais de mes capacités à l'envoyer au tapis avec ma douleur lancinante à la tête.

— Oh, une dernière chose. Avant d'envisager de me balancer par-dessus bord, demande-toi qui va soulager tes désirs.

Je basculai la tête en arrière et explosai de rire. Un rire nerveux, bien sûr.

— Jamais, Kenan. Tu ne poseras jamais tes mains sur moi.

— Tu dis ça parce que tu es en colère, mais tu ne peux que t'en prendre à toi-même. Tu as été conçue pour porter la Mort et je vais m'en assurer. À ta place, j'accepterais le destin tracé spécialement pour toi.

Ses paroles me heurtèrent. Le choix de ses mots n'était pas anodin, et je me demandais à quel point ils s'approchaient de la vérité.

Satisfait de mon trouble, il se leva et se dirigea vers la porte avant de me planter là. Je croisai les bras sous ma poitrine, comme s'ils pouvaient me protéger du venin de Kenan. Seulement, il avait déjà planté ses crocs, et mon cœur s'endolorissait. Je secouai la tête et balayai toutes les hypothèses qui traversaient mon esprit. J'avais mieux à faire, plus urgent aussi, comme sortir de la garçonnière du nephilim.

***

J'ignorais où se terrait Kenan, mais je ne le croisai pas sur le pont supérieur. Mes cheveux dans une main, j'observai l'océan à perte de vue. La sensation du vent provoquée par la vitesse était grisante. Accrochée aux rambardes, je n'étais pas loin de rejouer la scène du *Titanic*. Le yatch mesurait des dizaines de mètres. Plusieurs salons extérieurs se dispersaient sur les ponts, on trouvait même une piscine. C'était complètement dingue et démesuré, si luxueux et précieux. La texture du bois sous mes pieds était d'une douceur incroyable, les paillettes dans la coque brillaient sous l'éclat du soleil. Tout était propre, briqué. Parfait. Pourtant, aucun personnel ne s'occupait du nettoyage, personne de vivant, en tout cas. Plus tôt, la tasse vide déposée par Kenan sur la table basse avait disparu le temps que je tourne la tête. Je ne savais pas si un sortilège faisait le ménage, mais si tel était le cas, je souhaitais l'adresse du sorcier afin de l'obtenir pour mon appartement !

Désireuse d'en apprendre davantage sur ma nouvelle prison — et trouver une échappatoire —, je remontai sur le côté gauche du yatch jusqu'à tomber sur le salon extérieur. De grandes banquettes s'alignaient autour d'une table en verre. Une moitié se situait sous un toit à ciel ouvert, l'autre partie directement dehors. Je me dirigeai vers l'intérieur et empruntai l'escalier pour monter d'un niveau, puis d'un autre. Le navire en comptait trois. Celui qui m'intéressait se situait au plus haut, surplombant tous les autres.

Par chance, la cabine du capitaine restait déverrouillée. Je pénétrai dans le centre de commande et avisai le système de navigation doté de plusieurs écrans, manettes et boutons. Un vrai cockpit ! Le seul élément qui me parlait était la barre semblable à un volant de voiture de sport. Je m'assis dans le siège en cuir, face à celui-ci. Le confort de ce fauteuil surpassait mon canapé de salon !

Je ne possédais pas le permis bateau, alors mes chances de le ramener à bon port étaient nulles. Pourtant, je ne pus m'empêcher d'essayer. Les mains sur la barre, je tentai de dévier notre trajectoire. Sans succès. La barre ne tourna pas d'un millimètre. Je tirai de toutes mes forces sur la droite, poussant avec mon pied sur le mur, elle refusa de bouger.

— Quelle est cette sorcellerie ?

La même chose se produisit avec les manettes, totalement bloquées, et les écrans tactiles ne réagissaient pas sous mes doigts.

— Est-ce que… par tout hasard, l'esprit du capitaine est là ? Si oui, euh… frappez deux fois.

Je me sentis idiote ! Heureusement, personne n'assista à ma piètre invocation. J'aimerais savoir comment tout ceci fonctionnait.

— Écoutez, je ne suis pas en sécurité avec Kenan. Il faut vraiment que vous permettiez à Nathanaël de venir me chercher. C'est un déchu, c'est vrai, mais il est mon obligé. Je lui ai offert ma bénédiction, vous voyez ? Je suis devenue sa maîtresse et sa petite amie. Il ne me veut que du bien, et m'en apporte beaucoup.

Le silence me répondit. Enfin, le ronronnement du moteur et quelques clignotements sur les radars. Il n'existait pas un manuel du fonctionnement de l'Éden, par hasard ?

— Je suis la dernière femelle de notre espèce, vous pourriez faire un effort ! Les filles, un peu de solidarité féminine, quoi !

Si j'en croyais les histoires de mon père, Kenan avait abusé de nombre d'entre eux, jusqu'à les condamner à protéger cet endroit. Ils devraient avoir à cœur de faire tomber ses plans à l'eau. Rah ! Je n'obtins aucune réponse, pas un seul signe de la présence de ces fameux gardiens.

Les doigts croisés sous mon menton, les coudes sur les genoux, je scrutais le tableau de bord. Pendant le reste de la journée, j'observai le capitaine fantôme piloter le navire. Par moment, le volant pivotait pour éviter des éléments sur les radars, le yatch prenait de la vitesse ou en perdait. Je ne détectais aucune variation de température ou des crépitements dans l'air lors des ajustements de trajectoire. Rien qui puisse trahir la présence d'esprits mais, encore une fois, mes connaissances sur le sujet se résumaient aux séries que je dévorais, calée dans les bras de mon archange.

Mon estomac finit par se manifester à grands coups de gargouillements peu distingués. Les jambes cotonneuses d'être restées statiques, je descendis sans grâce d'un étage. Une grève de la faim serait contre-productive, car le sucre permettait de compenser mes fringales sexuelles. Je refusais de donner raison à Kenan, alors il valait mieux me nourrir et me préparer à ce marathon de chasteté.

Je trouvai une cuisine parfaitement aménagée, qui faisait le triple de la mienne. Encore une fois, tout scintillait, comme si les matériaux sortaient de l'usine. J'ouvris le frigidaire et écarquillai les yeux face au contenu de celui-ci. Un maniaque du rangement avait tout classé par famille de produits et leurs besoins de fraîcheur, comme le faisait Nathanaël à chaque retour de courses. Des plats déjà préparés et empaquetés me donnèrent l'eau à la bouche, mais ce qui attira vraiment mon attention fut une boîte. Une simple boîte en carton. Je soulevai la couverture pour vérifier ma théorie.

— Merci, mon Dieu ! soupirai-je en la saisissant avec possessivité.

Elle renfermait différents types de pâtisseries, toutes au chocolat, mon péché mignon. Ça ferait l'affaire pour ce soir. Les gâteaux m'apporteraient le réconfort nécessaire pour me remettre de mes émotions. Je ne réalisais pas encore l'étendue de la situation, persuadée que Nathanaël débusquerait le yatch. Il ne pouvait pas en être autrement, on parlait tout de même de l'archange des Traqueurs !

Ma nouvelle drogue en main, je saisis une bouteille de jus rosé dans la porte. Le frigo en débordait, c'était le seul choix possible.

Craignant de croiser mon colocataire pour le dîner, je remontai au dernier niveau et m'enfermai avec mon précieux butin. Une demi-heure plus tard, les seules traces de chocolat qui restaient se trouvaient sur le coin de mes lèvres, nettoyées d'un coup de langue. Je passai une grande partie de la nuit devant les écrans, à fixer la représentation du yatch au beau milieu de la mer, le cap sur l'Amérique.

Tu parles d'une croisière…

La nuit n'encouragea pas les esprits à se montrer, et Kenan se fit tout aussi discret. Je m'endormis sur l'idée qu'ils étaient trop occupés à le hanter et à le tourmenter.

Chapitre neuf

De légers tremblements secouaient mes doigts lorsque j'approchai le quinzième éclair au chocolat de ma captivité. Mon ventre se tordit, mon âme se cabra à la première bouchée. Je pouvais me convaincre de souffrir d'une crise de foie, mais mon mal provenait d'un autre besoin physiologique lié à ma nature. J'étais en manque. Les substituts n'apaisaient plus ma faim après dix jours d'abstinence. Me soulager par mes propres moyens aggravait les effets de la privation. Ma déesse intérieure se muait en bête féroce dont les griffes raclaient mes côtes à chaque tour de cage.

Tout en me léchant les doigts, un gémissement plaintif s'extirpa de mes lèvres. Je n'en pouvais plus. Mes pensées devenaient de plus en plus incohérentes, obsédées par des images érotiques. Les tensions dans mon corps me faisaient souffrir. Des frissons incontrôlables remontaient de mes reins, chatouillaient mes côtes et terminaient leur course au bout de mes seins. Ma respiration devenait plus profonde à chaque spasme de mon sexe.

Au travers du miroir, mon reflet me renvoya un portrait surnaturel de ma personne. Mes yeux luisaient d'un curieux éclat, un charme pour attirer un partenaire dans mes filets. La texture de ma peau avait changé, devenue plus lisse et douce. Mes cheveux paraissaient plus soyeux, quelques mèches violines brillaient sous le soleil. La manière dont ma bouche s'entrouvrait était une invitation à la luxure. Habituellement, je jugeais mon physique comme banal. Là, je voyais toute la beauté de mon héritage angélique.

Je n'étais plus qu'une nephilim. Une nephilim avec le feu aux fesses !

Pendant ces dix jours sur l'Éden, j'avais peu croisé Kenan, qui passait beaucoup de temps dans une des cabines. Le yatch continuait de naviguer jour et nuit, sans s'arrêter pour faire le plein de carburant. Je m'étais habituée au bruissement des moteurs, ne supportais plus le vent dans mes cheveux et l'isolement imposé par mon bourreau. Les instruments de bord me refusaient toujours l'accès, même au système de communication. Ma seule consolation était la plateforme de streaming qui fonctionnait sans coupure. Enfin, là, j'aurais préféré me préserver du magnifique derrière de Tom Ellis dans l'épisode de *Lucifer*. *Comment on ouvrait un portail pour l'enfer, déjà ?*

Un couinement résonna à mes oreilles. Je me jetai sur la télécommande et éteignis la télévision, avant que le postérieur de l'acteur ne soit gravé à jamais sur ma rétine. Le reste de l'éclair au chocolat termina dans mon estomac, puis des macarons suivirent. Je finis par rincer le tout avec cette fabuleuse boisson à la grenade.

— Quoi ? m'écriai-je en croisant le regard de Perséphone sur le mur. Je ne te permets pas de me juger ! Tu as bien mangé quelques graines de grenade, toi. Ève a croqué dans une pomme. Chacune son péché.

D'un bond, je me levai du canapé et fis les cent pas dans la suite que j'occupais depuis mon arrivée. Tous mes muscles me faisaient souffrir, trop contractés. L'idée de me prélasser dans la partie jacuzzi de la piscine me traversa l'esprit, mais je l'écartai en craignant d'exciter ma déesse intérieure sous les jets. Oui, j'en étais là.

Kenan souffrait-il ? Était-il tendu à l'extrême ?

— Aaah ! Ne pense pas à lui, Debbie !

J'en appelai à tout mon orgueil. Hors de question de lui céder. Je repris place sur le canapé et lançai une télé-réalité où deux femmes rangeaient des maisons sens dessus dessous. Mieux valait éviter les tentations.

Après plusieurs épisodes, je migrai vers les cuisines pour me ravitailler en chocolat et choisir un plat moins sucré. Un frisson d'effroi me traversa devant la table dressée. Deux assiettes se battaient en duel, armées de couteaux d'argent, retenues par un superbe bouquet de fleurs.

Un tressaillement me secoua lorsqu'une sensation de chaleur effleura mes reins. Un simple frôlement accompagné d'un parfum suave et fruité. J'eus la réponse à ma question quand Kenan se dévoila. Ma bouche s'entrouvrit, comme si les esprits me présentaient le plus beau et le meilleur des gâteaux trois chocolats.

Kenan était si désirable dans son polo blanc que c'en était ridicule.

— Me feras-tu le plaisir de te joindre à moi pour le dîner ?

J'eus envie de rire. Nerveusement. Il se terrait depuis des jours dans sa grotte, mais parlait comme si JE fuyais sa présence — ce qui s'approchait de la vérité.

— Non, répondis-je avant de tourner les talons.

Tant pis pour ma ration ! Je survivrais. *Je crois.*

— Tu ne souhaites pas des nouvelles de ton archange ? m'appâta-t-il.

Mes pieds s'arrêtèrent net. Je pivotai vers lui, méfiante.

— Ce n'est pas parce que tu es privée de téléphone que je le suis.

Ce fumier piqua mon intérêt. Il possédait un téléphone, un moyen de se rapprocher du monde extérieur. L'avait-il dans une de ses poches ? Un plan germa dans mon esprit embrumé par les vapeurs luxurieuses. Il me fallait ce téléphone !

D'un geste de la main, il m'invita à prendre place à table. Assise, je réajustai le tee-shirt noir emprunté dans la penderie de ma chambre. Mes mains frottèrent mon jeans sans réussir à se débarrasser de leur moiteur.

— Alors, Debbie, comment vas-tu ?

À ton avis, enflure ?

— Très bien, et toi ?

Mon mensonge fit naître un sourire sur son visage parfait. Il le fit disparaître d'un lent coup de langue sur ses lèvres charnues. *Imagine-le constipé sur le trône.* L'espace de quelques secondes, il perdit de son *sex-appeal.* De minces secondes pendant lesquelles mes poumons se gonflèrent d'air.

— Je me porte comme un charme.

Évidemment. Je ne distinguais aucune trace de tension chez le nephilim, même sous la ceinture. Il m'offrit tout le loisir de vérifier en se levant chercher le plat dans le four. J'en profitai pour boire une longue rasade de ce nectar rosé et me concentrer sur les petits glaçons sur ma langue. Pourquoi n'arrivais-je pas à contrôler ma *faim* comme lui ? S'il sauvait juste les apparences, il excellait dans l'exercice.

Les yeux rivés sur la nourriture, je maudissais les fantômes d'avoir concocté un plat à base de gingembre et d'épices aphrodisiaques. Kenan aimait donc manger asiatique. Le réfrigérateur se remplissait automatiquement de nos plats préférés, une bizarrerie à laquelle je préférais éviter de penser. J'étais tentée de me lever et de récupérer le double cheeseburger auquel je songeais depuis quelques heures. Le dévorer avec les doigts comme un goret dégoûterait peut-être mon vis-à-vis. Après réflexion, je me ravisai. Mes priorités étaient autres.

— Alors, quelles sont ces fameuses nouvelles avec lesquelles tu m'as amadouée ?

Le silence imposé par mon interlocuteur m'obligea à détourner l'attention de mon assiette. Grossière erreur. Je tombai dans le bleu de ses yeux, une aigue-marine en fusion, et m'y noyai. Malgré toutes les claques mentales dans la tête de ma déesse, je restai captivée et captive de l'intensité de son regard. J'y lisais tant de promesses que mon traître de corps se tendit vers lui, mon buste butant contre le bord de la table.

— Ces nouvelles ? répétai-je entre mes dents.

— Excuse-moi, je ne voulais pas t'interrompre dans ta contemplation.

— Tu ne figures pas sur la liste de mes fantasmes, répliquai-je, acerbe.

— C'est normal, puisque je suis une réalité.

Son ego compensait quelque chose, dommage qu'il ne puisse pas s'étouffer avec ! Cette fois, je ne fis pas l'erreur de le contrarier en lui jetant des provocations à la figure. C'était une expérience très étrange d'être en désaccord avec son propre corps. Je ne me sentais pas assez forte pour lui tenir tête.

— Une rumeur tourne au paradis, commença-t-il.

Je n'aimais pas la manière dont il amenait la nouvelle. Son archange protecteur étant à la tête des gardiens, elle était la première au courant des ragots sur les siens et les mortels. Les commérages possédaient un pouvoir destructeur.

— Laquelle ?

Kenan prenait un malin plaisir à m'obliger à lui tirer les vers du nez ! Une image peu ragoûtante à laquelle je me raccrochai pendant que sa langue s'enroulait autour d'une nouille.

— Le Conseil serait enclin à revoir la position du chef des Traqueurs après son intervention à la convention.

Je pris le temps nécessaire pour saisir tous les enjeux de cette possible rédemption pour Nathanaël.

— Il s'est comporté honorablement, rappelant son savoir-faire de guerrier. Les pertes humaines sont nulles grâce à lui, continua Kenan.

Pourtant, Estelle avait dit répondre à un appel. Je ne distinguais aucun mensonge dans son aura et, d'un côté, j'en fus rassurée. Mes collègues devaient être choqués, mais vivants.

— Ça ne doit pas arranger vos affaires, à toi et Marielle.

Car, si le Conseil approuvait sa réhabilitation, Nathanaël et moi ne serions plus liés. Cette perspective faisait naître une contrariété égoïste. J'avais ordonné à l'archange de ne jamais remonter au paradis, mais... pourrais-je le lui refuser réellement ?

— Tu as raison, et je ne supporte pas que mes ambitions soient contrecarrées.

— Je ne serai pas prisonnière de ce bateau éternellement, lui dis-je avec conviction.

— C'est sûr, approuva-t-il, pensif. La Mort te délivrera si ton archange remonte, puisque je te prendrai tout, corps, âme et vie. Mais je me consolerai avec la naissance de mon fils.

J'ignorais quelle mouche me piqua, mais je bondis de ma chaise, renversai la table et sautai sur lui.

— Mmh. Voilà qui devient intéressant, commenta-t-il.

Il paraissait s'amuser comme un petit fou, alors que je me consumais de désir et de colère. Mes doigts saisirent son polo et mes ongles s'enfoncèrent dans ses omoplates.

D'un mouvement ferme, Kenan agrippa mes cuisses et m'installa à califourchon sur lui. Son *self-control* se détériora à mon contact, la bosse entre mes jambes en témoignait. Ma mâchoire craqua alors que mon esprit se focalisa sur l'épaisseur rigide contre la partie sensible de mon anatomie. Incapable de réfréner ma déesse, mes hanches ondulèrent imperceptiblement et mon envie de faire du mal au nephilim se changea en scénario très érotique.

Le mince filet de volonté dans mes veines ne fut pas suffisant pour me libérer de sa prise. Bientôt, j'allais me frotter comme une chatte en quête d'attention sur Kenan ! *Mon Dieu, foudroyez-moi, qu'on en finisse !*

Le nephilim continuait à m'observer — à me dévorer des yeux, plutôt — et à afficher son contentement. Il se délectait de son petit triomphe, et je me maudissais de tout mon être mais choisis de rediriger ce dégoût sur lui :

— Je te déteste.

— La haine et le désir forment un cocktail des plus exquis. Je vais t'y faire goûter.

Un couinement résonna à mes oreilles. Je refusais de reconnaître que cette voix m'appartenait. Au fond de mes entrailles, ma déesse intérieure hurlait son soulagement. *Oui, oui, enfin !* semblait-elle dire. C'était si viscéral que mon cerveau fit un genre de black-out au contact des mains de Kenan sur mes fesses, encastrant nos corps pour accéder à mon entrejambe du bout des doigts. Des décharges électriques remontèrent le long de mes bras, mes muscles se contractèrent, douloureux. *Encore, encore. Plus, plus.*

Mes doigts se réfugièrent dans ses cheveux, s'y accrochèrent dans l'espoir de ne pas sombrer. La langue humide sur mon cou avant la morsure réveilla des pulsions primaires. Le besoin de m'envoyer en l'air se révélait si violent que ma respiration devint erratique. Je m'étais trop retenue, et ma déesse me le faisait payer.

Quand je fis mine de m'attaquer à sa ceinture, il m'en empêcha en me soulevant, puis me déposa sur la table. J'ouvris les cuisses sans même qu'il me le demande. Une initiative récompensée par une caresse de son pouce sur mon clitoris. Je basculai en arrière, dos sur le plateau, les reins arqués.

— Kenan..., soupirai-je avant de me taire.

— Continue.

Il m'encouragea en ôtant mon pantalon pour me prendre d'un doigt. Les miens agrippèrent son poignet, mais j'ignorais ce que j'espérais exactement. *Plus. Tellement plus.* Cependant, Kenan cessa ses caresses, et je manquai de crier de frustration.

— Avoue-le, Debbie, susurra-t-il. Supplie-moi de te faire mienne, et je te prendrai. Je te donnerai tout le plaisir que tu réclames.

Je me mordis la lèvre jusqu'au sang afin de me museler.

Lutte. Lutte. Lutte ! Je ne lui donnerais pas satisfaction. Le prix serait trop élevé. Je le connaissais déjà. Je l'avais rêvé. Un enfant. Le dernier cavalier. D'une manière ou d'une autre,

Kenan allait gagner et obtenir ce fils tant désiré, sauf si un miracle modifiait mon destin. Rien n'était perdu, pas encore. Pour cela, je devais me montrer plus forte que ma nature. Résister, même si j'arrivais à mes limites. Je ne voulais pas de cette issue, car je savais que la bride de ma déesse serait lâchée si je succombais.

Je devais renoncer à un verre d'eau en plein désert.

Un sursaut de volonté — ou d'amour-propre — me redressa tel un diable sorti de sa boîte.

— C'est toi qui vas supplier, crachai-je entre mes dents.

C'était très présomptueux, mais j'obtins l'effet escompté. Ma remarque désarçonna Kenan quelques secondes, comme s'il répétait les mots dans sa tête pour en saisir le sens. Mes pieds repoussèrent le nephilim, qui tituba de plusieurs pas en arrière avant de recouvrer son équilibre. Les jambes cotonneuses, je mis de la distance entre Kenan et moi. Une véritable épreuve pour ma déesse intérieure. Le mâle me jeta un regard amusé, mais empli de concupiscence.

— Mmmh, émit-il, un son érotique qui manqua de me faire chavirer Tu es vraiment joueuse, j'aime ça.

Par les couilles de Lucifer ! Je venais de lancer une nouvelle partie d'un jeu aux dés pipés par mon geôlier. Pour seule réponse, je lui adressai mon majeur avant de reculer avec prudence. À tout moment, il pouvait me sauter dessus. Une lueur féroce brillait dans ses pupilles, excitante et irrésistible. D'accord, Kenan trônait clairement sur ma liste de fantasmes, là.

Dès que l'escalier fut à ma portée, je l'escaladai en m'aidant de mes mains et courus me réfugier dans ma chambre. La porte claqua derrière moi, et je m'écroulai sur le parquet sous la douleur provoquée par la privation. Je venais d'arracher le futur jouet à ma déesse, et celle-ci me mordait les entrailles en les lacérant à coups de griffes. Un hurlement s'échappa de mes lèvres. Je me tordis sous les lames qui plongeaient dans ma chair. Mes ongles tracèrent des sillons sur ma nuque, ma gorge puis mes clavicules. J'avais mal, *Seigneur*. J'étais certaine d'avoir appelé mon père à l'aide, mais ma bouche psalmodiait le prénom de mon archange.

— Pitié ! Pitié, arrêtez ce bateau !

J'allais mourir. Là, recroquevillée sur le parquet, devant les yeux de Perséphone. La Mort et les Faucheurs ne m'effrayaient pas, mais avais-je véritablement envie de les embrasser maintenant ? Sous la souffrance, rendre les armes et accueillir Kenan me parut libératoire. À cause de la privation, mon énergie vibrait sous ma peau, à la recherche d'une faille. *Juste une fois, pour gagner du temps*. L'instinct de survie se réveillait, les ravages de l'espoir aussi. *Juste une fois*.

Une nouvelle décharge de douleur me fit crier. Je m'intimai au calme, à respirer lentement, car l'air se raréfiait dans mes poumons, et des taches noires dansaient devant mes yeux.

La mort dans l'âme, je décidai de céder, de m'oublier pendant quelques orgasmes et de survivre. Kenan paierait, je m'en fis la promesse. Je débarquerais de l'Éden et m'entraînerais avec les Traqueurs jusqu'à devenir une tueuse de Kenan ! La fille sage à son papounet irait voir ailleurs si j'y étais. Cette sombre motivation m'anima. Mes mains s'accrochèrent au canapé, et mes jambes me soutinrent.

Alors que mes forces se concentraient pour permettre à mes pieds de se déplacer, la porte s'ouvrit à la volée. Le sauveur de ma libido pénétra dans l'espace et fondit sur moi. J'éclatai en sanglots quand ses mains me palpèrent, quand son corps épousa le mien et sa voix me fit des promesses.

— J'ai besoin...

— Je sais, me coupa-t-il. Je vais m'occuper de toi.

Oh oui ! Il n'en fallait pas davantage pour faire céder le barrage de mon désir, qui nous emporta. Je capturai ses lèvres avec brusquerie, nos dents se percutant, pendant que je tirais sur ses vêtements jusqu'à déchirer les tissus. Quand mon partenaire tomba sur l'assise du canapé, son membre était déjà libéré de toute entrave, à mon entière disposition. Sans davantage de préliminaires, je m'empalai sur lui dans un gémissement proche d'un râle bestial. Mes gestes brutaux manquaient de précision, mes mains caressaient, griffaient et s'agrippaient. Mon bassin ondulait à un rythme endiablé, que le nephilim suivit avec ardeur.

J'étais déchaînée, tel un succube de l'enfer.

L'explosion d'énergie sous mes veines fut semblable à une bombe atomique pour mon âme lorsque le plaisir arriva à son paroxysme. Les bras de mon partenaire me maintinrent en place alors que mes propres hurlements me vrillaient les tympans.

C’était bon.

C’était cuisant.

Chaque parcelle de mon anatomie me faisait souffrir ; il m’en fallait davantage. *Encore.*

— Ne t’arrête pas ! Prends-moi, prends-moi !

Je me débattis pour m’offrir de l’amplitude et bouger contre le corps brûlant du mâle. Celui-ci se mouva pour échanger les rôles, je cambrai les reins au contact de ses mains sur mes hanches et au claquement des siennes sur mes fesses. Il renforça l’intensité de l’instant en titillant mon intimité de ses doigts, et j’éclatai en mille morceaux.

À ce moment-là, je me foutais d’avoir des générations de nephilims comme témoin de cette partie de baise animale. La culpabilité d’être infidèle ne m’effleurait même pas l’esprit. Seul me sentir comblée comptait, goûter mon amant dans toutes les positions inimaginables, être prise sur le tapis épais avant de continuer contre le mur, puis dans la douche et le lit. J’étais prête à baptiser chaque pièce de l’Éden si nécessaire.

— Fais-moi encore jouir, Alex !

Chapitre dix

La joue enfoncée dans l'oreiller, j'observais Alex, dont la poitrine se soulevait profondément, allongé sur le dos. Si j'éprouvais des inquiétudes quant à la présence de Kenan sur le navire, mon corps refusait de se lever et de s'assurer qu'il restait « tranquille ». Selon le nephilim qui avait soulagé mes envies encore et encore, le troisième représentant de notre espèce ne risquait pas de se joindre à nous. Il s'en était assuré. Tant mieux.

Du regard, je suivis les sillons rougeâtres sur le torse d'Alex. *T'es une vraie tigresse, ma parole !* De jolies morsures recouvraient même ses épaules. Mon amant m'avait peut-être sexuellement possédée, mais il portait mes marques. Ma déesse l'avait dévoré — façon de parler, puisque mon énergie avait rechargé ses batteries en un clin d'œil.

Encore transie, je profitai des bienfaits des orgasmes sur mon organisme et ma nature. Alex savait comment s'y prendre et, surtout, se montrait toujours très généreux avec ses partenaires. Égoïstement, je ne m'étais pas préoccupée de son plaisir. L'idée de me rattraper ce matin — ou après-midi ? — me traverserait sans doute l'esprit si mon cœur ne me rappelait pas qu'il appartenait à un autre homme.

Cet instant semblait irréel, déconnecté du temps et de notre dimension.

Je m'endormis, puisqu'Alex se tenait assis dans le lit lorsque j'ouvris les paupières. D'un air distrait, il caressait son poignet du bout de son pouce, là où je devinais l'ancien tatouage de couple. *Oh punaise !* Sa femme comptait parmi le personnel de bord. *Oups*.

— Tu crois qu'elle nous en veut ? demandai-je sans réfléchir.

Ma question le tira de ses pensées, et il cessa de toucher son épiderme.

— Elle doit se dire que c'est un mal pour un bien.

— Donc, elle nous en veut. Je dois craindre des représailles de sa part ?

— Non. Enfin... Malia a toujours fait preuve de jalousie, malgré notre mariage et notre lien. Mais peut-être savait-elle certaines choses.

— Tu veux dire qu'elle aurait eu des visions pendant lesquelles on s'envoie en l'air ?

— Possible.

Était-ce pour cette raison que les esprits avaient ignoré mes appels au secours ? Bah sympas, les anciens !

— Je saurai m'en souvenir, grommelai-je entre mes dents.

— Quoi ?

— Rien.

Alex haussa un sourcil, mais n'insista pas.

— On devrait se lever et décamper, changeai-je de sujet.

Mes avant-bras bien à plat sur le matelas, j'eus toutes les peines du monde à soulever ma carcasse. *Bon Dieu,* Alex m'avait démontée ! Les membres en pièces détachées, les muscles courbaturés, c'était à se demander si nous n'avions pas traversé une faille temporelle et souffler nos mille bougies. Drapée dans la couverture, je ressemblais à une véritable momie.

— Tu veux de l'aide ?

— Et achever le peu de dignité qui me reste ? Non, merci. D'ailleurs, ce qui se passe sur l'Éden reste sur l'Éden, hein ?

— Je ne comptais pas m'épancher en détail, dit-il, légèrement piqué.

— Je sais, mais Nathanaël pourrait réclamer ta version des faits. Et il peut se montrer très...

— Autoritaire ? proposa-t-il.

— Chiant, corrigeai-je, quand il s'agit d'obtenir des informations. En toute franchise, je serais furieuse et blessée à sa place, si je savais ma moitié dans le lit d'une autre.

— Il se doute que ces jours sans te nourrir n'ont pas été une partie de plaisir et que tu as fait le nécessaire pour survivre.

— Tu crois ?

— Mh. Je vais quand même éviter de rester seul trop longtemps avec lui dans la même pièce.

Dans le doute, mieux valait se montrer prudent envers les réactions d'un archange tombé du paradis.

Un petit pas après l'autre, je rejoignis la salle de bains. Mon reflet dans le miroir était méconnaissable. Mes cheveux en paquet de nœuds ne représentaient pas le plus surprenant. Le marron de mes iris luisait tel du miel liquide. Une teinte hypnotisante. Le nez contre le miroir, je les examinai sous tous les angles. L'arrivée d'Alex mit fin à mon inspection.

— Comment fais-tu pour désactiver le mode nephilim ?

— Tu as encore besoin de décharger ton énergie ?

— Ça ne répond pas à ma question, rétorquai-je alors que je levais le nez pour éviter de reluquer les fesses d'Alex, penché dans la douche.

— Malia imaginait une sorte de bouton *on/off*. Personnellement, je visualise la grand-mère de mon ami d'enfance, une vieille peau aigrie qui nous balançait des œufs pourris lorsqu'on faisait des conneries. Ses seins lui tombaient aux genoux ! Ce souvenir me calme en toute circonstance.

Tu m'étonnes !

— Je ne veux même pas savoir à qui tu penses pour l'actionner.

— Tu es sûre ? me taquina-t-il avec un sourire coquin.

— Heureusement qu'on ne peut pas lire dans les pensées de l'autre !

En général, j'évitais de décevoir mon père, et cette nécessité de préserver mon statut de fille modèle suffisait. Mais la crainte de susciter un sentiment d'échec chez l'ange gardien ne calmait pas ma déesse intérieure, cette fois. Je tentai une autre approche en créant une scène imaginaire de toute pièce dans ma tête, pendant laquelle je sautais sur le dos d'une créature longiligne avant de la bâillonner.

— Dommage, tu veux dire, ça a l'air très drôle dans la tienne. Et efficace. Tes yeux ont retrouvé leur couleur normale.

Debbie : 1 ; Déesse : 0. Une petite victoire sur ma nature.

Galante, je laissai la cabine à Alex et pris ma douche après. L'eau chaude décontracta mes muscles endoloris, mais je ne traînai pas, pressée de quitter le navire et de mettre de la distance entre Kenan et nous.

— Au fait, comment tu es arrivé sur l'Éden ?

— Par hélicoptère.

Par *héli-quoi ?*

— Quoi ? ricana Alex.

— Je ne sais pas, j'imaginais une incantation nephilim pour invoquer le yatch, qui apparaîtrait dans un brouillard opaque.

— Tu regardes trop de séries, se marra-t-il, mais on devrait étudier cette histoire d'incantation. Si c'était si simple, tu serais auprès de ton archange depuis des jours. Il a fallu que j'analyse la trajectoire de l'Éden, que Nathanaël le pousse à se diriger suffisamment près des côtes afin d'être accessible en hélicoptère.

— Tu pilotes depuis longtemps ?

— Depuis la Seconde Guerre mondiale.

— Ah.

— Ouais. Je traversais les lignes ennemies avec du ravitaillement et des soins médicaux. Ce n'est pas une période dont j'aime parler.

— Tu n'as pas à te justifier ni à me raconter, ne t'en fais pas.

Il m'adressa un sourire reconnaissant.

— Donc, je me suis posé sur l'héliport du bateau, situé sur le pont avant. Je m'étais préparé à un charmant comité d'accueil, mais Kenan était trop occupé à te courir après dans l'espoir de soulager ses propres pulsions. Je dois t'avouer que je comptais là-dessus pour éviter de me faire descendre par une roquette.

— Une roquette ?

— Tu n'as pas visité le dernier niveau de l'Éden, juste avant le compartiment moteur ?

— Non, la porte était verrouillée et Kenan se terrait là-dedans comme un dragon dans une grotte.

— La comparaison est bonne. Tu vas comprendre, ajouta-t-il face à ma mine perplexe. On doit y faire un saut, de toute manière, et récupérer du matériel qui nous sera utile contre un archange un tantinet protecteur.

— Tu parles de Nathanaël, là ? soufflai-je en plissant les yeux, presque menaçante. Attends, tu es en train de me dire que le dernier niveau renferme une armurerie ?

— Entre autres. C'est aussi pour cette raison que l'Éden est farouchement protégé par les esprits des nôtres.

Ma curiosité était piquée. Les cheveux encore dégoulinants, j'enfilai un jeans et un débardeur dénichés dans la penderie de ma chambre, qui contenait des vêtements à ma taille. De son côté, Alex emprunta une tenue aux goûts de Kenan, un short écu et un polo bleu marine.

— Comment fonctionne l'Éden, exactement ? Le frigo se remplit tout seul et les fringues sont toujours à ma taille.

— Pour les vêtements, Kenan a fait du shopping.

Une grimace déforma mes lèvres. Ceci expliquait les dessous sexy que je m'étais refusée à mettre. L'idée qu'il se permette de choisir mes vêtements me déplaisait au plus haut point.

— Pour la nourriture, je ne l'explique pas, mais l'Éden est autonome quand il s'agit de garantir nos besoins physiologiques. Je ne sais pas si les esprits en sont responsables ou si la magie d'une sorcière est à l'œuvre.

— Les sorcières existent ?

Je me souvins d'avoir posé une question similaire à propos des vampires sur le même ton étonné.

— Tu es la fille d'un ange, ta meilleure amie est une faucheuse et tu ne crois pas à l'existence d'autres créatures surnaturelles ?

Je haussai les épaules. Je jugeai ma vie déjà suffisamment compliquée pour me pencher sur la question.

— Tu viens encore de faire ton ange, tu réponds à ma question par une autre.

Alex dissimula son regard fautif en m'invitant à sortir de la pièce.

— C'est une espèce en voie d'extinction, comme nous. Celle qui m'assistait lors de mes vols est décédée de vieillesse dix ans plus tôt, son unique enfant, une fille, n'a pas survécu aux horreurs de la guerre. Je n'en ai pas croisé depuis, mais elles savent se montrer très discrètes, contrairement aux anges et aux démons.

Tout en écoutant cette triste histoire, je le suivais dans les escaliers jusqu'au dernier niveau. Les hublots rasaient l'eau, aucune toile de maître n'ornait le couloir, les espaces étaient dégagés. Alex ouvrit la porte du fond, l'antre de Kenan ou, plutôt, du parfait sociopathe. À première vue, l'endroit ressemblait à un grand bureau avec un lit double. Le mobilier en bois créait une atmosphère chaude, propice au travail. Derrière le fauteuil, une vieille carte tapissait le mur. Elle représentait le monde et deux royaumes, que j'identifiai comme le paradis et l'enfer.

Je tournais la tête vers Alex pour l'interroger quand il passa ses doigts sur les rainures du bureau, concentré.

— Ah ! Voilà. Si tu cherches l'interrupteur, c'est là.

La seconde d'après, les panneaux des murs se soulevèrent. Il s'agissait en réalité de coffres qui renfermaient… une véritable artillerie lourde !

— Euh… les esprits espèrent assiéger le paradis avec ça ?

Alex haussa un sourcil, son regard semblait dire : *drôle d'idée.*

— On manquerait de soldats, fit-il remarquer. Par le passé, des nephilims ont démantelé un harem démoniaque qui comptait une femme dans son cheptel. Ce sont surtout des armes anti-démons, mais elles peuvent être efficaces contre les anges. Les munitions sont faites à partir de cendres des nephilims.

Cette information me fit lâcher la longue balle que j'examinais entre mes doigts.

— C'est vraiment glauque.

Je me détournai des fusils, pistolets et autres pour me concentrer sur une porte entre les coffres.

— Cette porte mène où ?

— À un escalier, qui permet de rejoindre les ponts supérieurs, et au coffre arrière où sont rangés tous les jouets, m'expliqua-t-il en encadrant le dernier mot par des guillemets. Tu trouveras un semi-rigide avec deux énormes moteurs et des jet skis.

— On ne se refuse rien, chez les nephilims.

Je notai dans un coin de mon esprit de passer le permis bateau de toute urgence. Dans l'immédiat, visiter cette partie du yatch n'apporterait rien, alors je me limitai à la salle des opérations. Le second coffre contenait également des armes, mais plus anciennes : des couteaux, des dagues et des objets divers, comme un serpent en verre, enroulé sur lui-même, au milieu duquel brillait une faible lueur verte.

— Ce sont des artefacts anciens, leurs pouvoirs sont répertoriés dans les archives.

Le regard d'Alex me mena jusqu'à la bibliothèque, remplie d'ouvrages aux pages jaunies. Par curiosité, je saisis un livre à la couverture dorée et découvris des descriptifs de créatures avec illustrations, dans une langue inconnue. Je choisis de feuilleter un registre, d'après les noms inscrits dans les tableaux. Date de naissance, lieu de naissance et descendance… Mon prénom était même inscrit, en bas de la liste. Le dernier. La ligne renvoyait à une page, qui se révélait être une sorte de *curriculum vitae*. À côté de la mienne figurait celle d'un bébé ayant vécu quelques minutes. Dans son arbre généalogique, je vis le prénom d'Alex dans sa graphie complète, Alexandriel. Les trois quarts des fiches ressemblaient à celle-ci. Des enfants mort-nés. Le nombre de nephilims ayant atteint la majorité était anecdotique à côté de ces morts prématurées. Cette constatation eut le mérite de couper mon envie de cacher le livre sous mon tee-shirt.

Finalement, je reposai l'ouvrage. La dernière armoire dissimulait un arbre de la taille d'un bonsaï, un unique fruit aux branches. Dessous, une bouteille récupérait, goutte à goutte, le jus qui s'épanchait du fruit. Du bout de l'index, je collectai un peu de liquide avant de le porter à mes lèvres.

— Alors, la boisson dans le frigo provient de ce fruit ! Qu'est-ce que c'est ? C'était le seul jus disponible, si on omet l'eau du robinet.

Mon acolyte scrutait un révolver avec beaucoup trop d'attention. Je sentais qu'il évitait de me regarder, pire, de me répondre.

— Alex… Quel est ce fruit ? Et ne fais pas ton ange, je veux une réponse.

— Elle ne va pas te plaire.

— Je sais. Donc accouche.

Un rire nerveux s'échappa de ses lèvres.

— Eh ben, commença-t-il en se massant la nuque. Si on en croit les archives, le fruit de cet arbre est capable de rendre n'importe quelle créature fertile. Dans l'heure de sa consommation.

— Continue...

— Et si j'en crois ma propre expérience...

J'inspirai profondément. La suite, je la devinai sans peine. Dieu me détestait, c'était sûr. Ou *Il* adorait m'observer en train de me débattre contre le destin. *Il* aimait peut-être les télé-réalités ?

— J'en ai siroté au moins un litre — j'exagérais à peine — pendant le repas afin de retenir des chapelets de jurons. Et on a couché ensemble.

— Plusieurs fois.

— Cinq, pour être exact.

Je fermai les yeux, en proie à la colère. La puissance de l'ouragan sous mon crâne menaçait de détruire Alex et le bureau, d'envoyer l'Éden trente-six lieues sous la mer de mon indignation.

— Tu le savais.

Je rouvris les paupières et fis un pas dans sa direction.

— Tu. Le. Savais.

— Je... je n'avais pas d'autres choix que...

— Que *quoi* ? Assume, Alex, termine ta phrase.

— J'ai passé... un accord avec la Grande Faucheuse.

Nous y étions. Son fameux sursis aurait été de courte durée, et il avait osé m'impliquer sans m'en parler. Sans mon consentement !

— Je suis désolé, Debbie. J'aurais aimé t'en parler, mais tu n'étais pas en état et...

— Et c'est de ma faute ? hurlai-je, excédée.

— Bien sûr que non. Ce n'est pas ce que je voulais sous-entendre. J'ai répondu à mes instincts, tu étais si...

— Tu te rends compte de *quoi* il s'agit *exactement*, Alexandriel ?

L'utilisation de son prénom complet le fit grimacer.

— Tu es censé être mon ami et un ami ne profite pas d'un moment de faiblesse pour encourager ses petits soldats à honorer un contrat. Bordel de merde, Alex !

J'avais envie de le frapper et, en même temps, de le planter sur place. Furieuse, je décrochai le fruit maudit de son mini-arbre et l'explosai au sol, éclaboussant les pieds du nephilim. La couleur du jus ressemblait à s'y méprendre à celui du sang frais. La vision était presque horrifique, en accord avec les pensées sombres et violentes qui déferlaient dans ma tête. Le sol vibra sous mes pieds, comme si l'Éden réagissait à ce sacrilège, mais je m'en moquais royalement. Ils avaient tous été de mèche. Je me sentais salie.

— Tu es pire que Kenan. Tu es encore plus sournois.

Lorsque je relevai le regard vers Alex, il affichait une mine défaite et des larmes perlaient au coin de ses yeux. Moi aussi, j'avais envie de pleurer. Cette trahison me brisait l'âme, la douleur était aussi cuisante que la privation de Nathanaël.

— J'espère que ton *pacte* vaut le coup de perdre l'amitié de la dernière nephilim.

— Debbie, je...

— Sors-moi d'ici. Tout de suite. Et peut-être que je demanderai à Nathanaël d'épargner ta belle gueule. Par contre, n'espère pas que je m'interpose entre Estelle et tes noix si elle souhaite te les casser.

J'ignorais s'il ravala les mots par respect ou si la menace les avait transformés en verre pilé dans sa gorge. Les épaules voûtées, il évita de croiser mon regard et se concentra sur son choix d'armement. Il opta pour un étrange pistolet au canon très large et court. Il ne m'expliqua pas la contenance de l'énorme cartouche, et mes mâchoires étaient trop contractées pour se délier. Alex devait sentir les lames acérées que mes yeux plantaient dans son dos, comme une sorcière vaudou vengeresse. Je lui en voulais. Je lui en voulais terriblement !

— Je suis prêt, m'indiqua-t-il sans m'affronter.

Ma colère bouillonnait tant dans mes veines que je m'aperçus à peine du chemin parcouru jusqu'à l'héliport. Alex ouvrit la porte de l'appareil, m'invita à monter, puis se faufila à l'intérieur par l'autre côté. Toujours occupée à le persécuter du regard, j'eus tout le loisir de l'observer dans sa manœuvre. Rapidement, les pales de l'hélicoptère se mirent à tournoyer et mon pilote me tendit un casque. Comme si j'avais envie de discuter avec ce traître ! Bon, une question vint tout de même chatouiller le bout de ma langue :

— Où est Kenan ? Tu es sûr qu'il ne nous attend pas en embuscade, prêt à nous canarder ?

Ce serait un mauvais calcul de prendre le risque de tuer la dernière nephilim, ceci dit.

— Je l'ai jeté aux requins.

Je ne sus si cette information me rassura ou me conforta dans l'idée qu'Alex possédait une face sombre. Je jetai un œil à mon poignet, toujours marqué. Kenan s'en était tiré, sans doute repêché par son archange gardien.

Nous décollâmes de la plateforme et nous éloignâmes de ma prison dorée, qui continuait sa route. Un silence de plomb nous enveloppa. L'atmosphère était électrique, mais j'étais consciente d'être l'unique source d'étincelles. Alex serrait les lèvres pour contenir un flot de paroles que je ne souhaitais pas entendre. Je finis par détourner mon attention du nephilim pour scruter le ciel.

— Quelque chose s'approche, dis-je au bout d'un long moment.

Ma sécurité primait sur mon envie de le mépriser. Aussi, je le prévins quand une masse d'énergie puissante vint à notre rencontre. Mon pilote se tendit avant de dégainer l'arme récupérée sur l'Éden et de la charger de l'énorme munition.

— C'est de la poussière en provenance du sol de l'enfer, l'entendis-je m'indiquer dans le casque.

J'ignorais s'il m'en informait en connaisseur de ma grande curiosité ou pour tenter de rompre le mauvais sort entre nous. En ce qui concernait ce dernier, il pouvait se mettre le doigt dans l'œil jusqu'au coude.

L'objet non identifié se précisa au fur et à mesure de son approche. Je reconnus les deux paires d'ailes noires de Nathanaël, puis sa silhouette, enveloppée dans une tenue de combat obsidienne. Il fut évident que ma place était dans ses bras. Sans prévenir Alex, je détachai le harnais de sécurité, ôtai le casque, puis déverrouillai la porte avant de me jeter dans le vide, au-dessus de l'eau.

Je ne retins pas le hurlement provoqué par la colère toujours vive. La chute camoufla ma rage, ensuite contenue par l'étreinte possessive du déchu lorsqu'il me rattrapa après un piqué. Mes doigts s'agrippèrent à lui, mes jambes s'enroulèrent autour de sa taille et mon nez se nicha dans son cou. Il me serra dans ses bras et, pendant quelques secondes, sa force me tint éloignée du monde réel. Seuls lui et moi, le soulagement de se retrouver et la passion de notre baiser existions.

— Tu m'as tellement manqué, soufflai-je entre deux inspirations.

— J'ai cru devenir fou, grogna-t-il en réponse.

— Tu as fait des dégâts ?

— Mh.

— C'est à ce point ?

— Je crains qu'il te faille un nouveau travail.

— Hein ?

— J'ai peut-être secoué trop fort l'immeuble de ta maison d'édition.

— *Seigneur*, Nathanaël.

— Je préférerais que tu ne *le* mêles pas à ça, dit-il très sérieusement en fronçant les sourcils. Nous en parlerons plus tard, je vais te mettre à l'abri, les airs ne sont pas sûrs.

La lassitude me gagna. J'avais l'impression de me dégonfler comme un ballon de baudruche, éreintée par ces heures d'angoisse et de lutte contre ma nature. Lovée dans les bras du déchu, je me laissai porter, bercée par les mouvements de ses ailes aux plumes noires. J'appréciais que par « plus tard », il inclue également mes jours de captivité. Tout se mélangeait dans ma tête. Mes barrières anti-infraction tenaient-elles ? J'évitais à tout prix de penser à ma dernière discussion avec Alex, mais des bribes durent s'échapper malgré moi, car la poitrine de Nathanaël vibra.

Plus tard. J'aimerais que ce vol dure une éternité...

Chapitre onze

Je repris connaissance sous le regard sans fond de Nathanaël, installé sur les flancs, une main sur ma hanche. Du bout des doigts, je caressai son ventre glabre et chaud. Nous étions de retour à la maison, ensemble, et cette réalité me plut aussi. Néanmoins, il me faudra affronter l'envers du décor, à savoir le rapport complet de la dizaine de jours prisonnière de Kenan.

Une odeur de Ricoré® me chatouilla les narines. Cela ne pouvait vouloir dire qu'une chose : mes parents se trouvaient de l'autre côté de la porte. Pas très étonnant de la part d'un papa poule. Moins que de réaliser subitement que je suis allongée dans le lit d'Estelle. Je me redressai sur un coude, les sourcils froncés.

— Que fait-on chez ma meilleure amie ?

— Ton appartement n'était pas assez sûr avec Marielle dans les parages.

Apparemment, la présence de deux faucheurs se révélait assez dissuasive pour la tenir à l'écart. Je retins l'information.

— Et mes parents ?

— Un mot de ta part, et je les raccompagne à la porte.

Je haussai un sourcil devant la mine très sérieuse de l'archange.

— On risquerait d'en entendre parler pour le restant de ton éternité.

— Je suis prêt à prendre le risque.

— Oh ! je sais, ris-je doucement. Je préfère gérer ses élans protecteurs avant qu'il ne décide d'engager des potes pour me coller au train jusque dans la douche.

— Aucune chance.

— Autant enlever le pansement d'un coup, soupirai-je en me redressant.

Et tout le monde aurait ma version en même temps.

Nathanaël ne fit aucun commentaire, mais son attitude tendue parlait pour lui. Je redoutais le moment où il apprendrait mon adultère. Pire, la probable conséquence de celle-ci. Une fois hors des draps, j'optai pour l'unique survêtement d'Estelle, presque à ma taille. Nathanaël enfila un tee-shirt noir, comme à son habitude, et nous nous dirigeâmes vers la porte. À peine eus-je mis un pied dans le salon que mon père m'étouffait dans son étreinte paternelle.

— Woh ! Ça, c'est un comité d'accueil.

Estelle, Ruth et mes parents cohabitaient autour de la petite table basse. J'enchaînai les câlins avec ma mère, puis ma meilleure amie, qui m'invita à prendre place sur le canapé.

— Moi aussi je me demande pourquoi on a choisi le plus petit appartement pour notre QG.

— Parce que les emplumés sont des parasites qui vivent aux crochets d'une humaine ? supposa Ruth.

— Dit celui qui s'est installé chez sa sœur, rappela Hariel.

Son apparition soudaine, armé d'un chocolat chaud, me fit sursauter.

— Hey ! Je vous rappelle que vous m'avez foutu à la rue en privant l'enfer de Chuna. Aïe ! C'est chaud.

— Désolée ! m'excusai-je en épongeant les taches de liquide sur ses cuisses. Je ne m'attendais pas à trouver Hariel ici.

— Heureusement que je ne suis pas susceptible, rétorqua ce dernier, pince-sans-rire.

L'ébauche d'une taquinerie ne parvint pas à germer dans mon esprit, dissipé par la main de mon père sur mon bras. Assis à côté de moi, je le savais en train de sonder la moindre parcelle de mon être à la recherche d'une blessure, d'une fêlure ou d'un traumatisme.

— Pap's, je vais bien…

— Pas moi, répondit-il en me coupant la parole. Tu as disparu pendant douze jours, sans qu'on puisse te localiser. Aucun de mes sens de gardien n'a été utile. Alors, laisse-moi encore vérifier que ton âme va aussi bien que tu le prétends.

Je ne pouvais pas imaginer les sentiments d'un ange gardien en déroute, mais si je me fiais à l'éclat dans ses yeux, ils étaient d'une rare violence.

— Il ne faut pas t'en vouloir, Pap's. Tu ne pouvais pas me trouver à cause de la magie des anciens nephilims qui entourait...

— Et si tu comptes évoquer l'Éden, je te conseille de préserver les secrets de ce sanctuaire. Pour ta sécurité, au cas où.

Je jetai un regard circulaire à mes proches, et personne n'insista. Nathanaël hocha même la tête, malgré son expression qui me hurlait de tout avouer.

— Kenan ne m'a pas touchée.

Mon père leva un regard soulagé vers moi. Il ne me critiquerait pas, peu importait mes actes sur ce maudit navire pour survivre. Le seul dont je craignais le jugement était Nathanaël.

— En fait, je me suis même demandé si j'allais le recroiser un jour. Il m'a *affamée* d'une curieuse manière, à base d'indifférence et de solitude. J'avais accès à toutes les pièces, mais impossible de... euh... quitter l'Éden. Au bout de dix, ou douze jours, comme tu viens de le dire, j'avais vraiment *vraiment* besoin d'un partenaire. Et il le savait, puisqu'il m'a fait l'honneur de sortir de sa cachette pour me soumettre à sa parade nuptiale ! J'ai résisté. J'ai tellement résisté que j'en serais morte si Alex ne s'était pas pointé dans ma chambre et...

J'osai porter mon attention sur Nathanaël, affublé de son ami et bras droit. Aucune émotion ne filtrait au travers de ses iris entièrement noirs. Je baissai le nez vers mes mains moites. Du verre pilé trancha ma gorge lorsque je déglutis. Je n'avais pas envie de le perdre mais, selon mon père, il fallait mieux une vérité qui fasse mal qu'un mensonge découvert par hasard.

— Il se peut que nous ayons potentiellement conçu le petit Mort.

J'avais lâché la bombe. Les dés étaient jetés.

Contre toute attente, ce fut Ruth qui réagit le premier à cette annonce.

— Par les cloches de l'enfer ! Ton père ne t'a pas offert un abonnement chez Manix® après ta Révélation ?

Le père en question leva un regard désapprobateur sur le faucheur, qui haussa les épaules avec nonchalance.

— J'avais autre chose à penser, avouai-je. Tout ce que je voulais, c'était m'envoyer en l'air pour éteindre le brasier dans mes veines. Je crois que je n'avais jamais autant souffert de ma vie.

— La prochaine fois, JE viens te sauver ! décréta Ruth avec ardeur.

Malgré moi, je pouffai.

— Tu es sûre de toi ? enchaîna-t-il en dodelinant de la tête. Tu vois quelque chose, Estelle ?

— Oui, que tu ressembles à un gros pervers à la reluquer ! T'es au courant que les bébés ne grandissent pas dans la poitrine d'une femme ? le taquina-t-elle.

— Je sais, merci. Le rapport remonte à combien de temps ? C'est peut-être encore trop tôt pour apercevoir son lien de vie.

— Hier ou avant-hier, je suis un peu déphasée.

Discuter du sujet face aux jumeaux aidait à délier ma langue, mais je percevais le regard perçant de Nathanaël sur moi. Essayait-il aussi d'apercevoir l'aura de cet être attendu par le destin ? Je n'osais pas le lui demander.

— Tout n'est pas encore joué.

— Sauf si vous avez suivi un rituel ? ajouta son frère.

Je soupirai avant de frotter mes yeux, qui me brûlaient.

— Quelque chose dans ce genre, à mon insu. Un fruit rouge accroché à un petit arbre au feuillage doré, dont le jus coule goutte à goutte, ça vous dit quelque chose ?

— Attends, tu es en train de nous dire que les nephilims sont en possession de l'Arbre de la Vie ?

— Étaient.

— QUOI ? s'écrièrent les jumeaux.

— J'ai passé ma colère sur le fruit.

— Mais l'Arbre ? L'Arbre va bien ? s'inquiéta Hariel.

— J'ai juste jeté le fruit à la tronche d'Alex. J'étais trop énervée, me justifiai-je face aux trois paires d'yeux écarquillés.

D'ailleurs, je me souvins de l'avoir projeté au pied du nephilim. Un détail. D'après la stupéfaction de mes amis, le mal était fait.

— Vous allez vraiment en faire tout un plat ?

Ruth ricana doucement, trouvant que ma réplique était bonne.

— Le fruit de cet arbre est une légende, intervint alors Nathanaël.

L'intonation posée de sa voix tranchait avec les réactions des autres surnaturels. Quand il passa derrière moi, je me redressai sur le canapé. Mon père lui céda la place, malgré mon regard suppliant. Il choisit de ne pas contrarier Nathanaël, dont l'énergie sombre s'invita dans mon espace vital. Je m'attendais à ressentir de la violence ou de l'amertume, mais l'archange demeurait calme. À l'intérieur de ma tête, une tempête faisait rage.

— Il permettrait de rendre fertile n'importe quelle créature, même une faucheuse.

J'ouvris la bouche, puis la refermai avant d'observer à mon tour ma meilleure amie avec de grands yeux.

— Vous êtes stériles ?

— C'est peut-être pas plus mal, ceci dit, répondit Ruth à la place de sa sœur. Ce serait contre nature.

La Mort donnait bien naissance à des enfants, mais je supposais qu'une entité aussi importante ne respectait pas toutes les règles. Estelle ne dit rien, mais je la connaissais assez pour savoir qu'elle ne partageait pas le même avis. Nous en avions vaguement discuté, une fois, après une énième histoire à vous dégoûter des bébés de mon chef. Soudain, je regrettai mon coup de colère.

— Jusqu'ici, on ignorait comment Kenan s'y prenait pour engendrer les cavaliers, reprit Nathanaël en s'adressant à Hariel, comme si nous tenions un conseil de guerre. Maintenant, nous connaissons son secret. Une goutte de l'Arbre de Vie suffirait à rendre certaines espèces compatibles entre elles, voire à donner naissance aux créatures de légendes.

— Une goutte ? m'exclamai-je.

— Une seule goutte.

— J'en ai bu des litres. Des. Litres !

— Il s'était préparé, conclut l'archange. Il va falloir que nous en fassions autant.

En fait, Kenan n'était pas le meilleur des mâles reproducteurs de notre espèce, il possédait juste ce foutu fruit à sa disposition. Dans les tréfonds de ma mémoire, je cherchais un souvenir d'Alex en train de s'abreuver de la boisson, entre deux galipettes. Je fermai les paupières si fort que tout devint blanc. Était-ce une goutte de ce jus que j'avais léché sur son torse ou d'un autre ? Aah ! Impossible de visualiser plus nettement l'instant. Quand je rouvris les yeux, Hariel regardait ailleurs, les joues en feu, et Estelle l'observait en souriant. *Oops ! Pardon ! J'ai pensé trop fort !* Il me le confirma en se pinçant le nez. Pour faire diversion, je revins au sujet qui nous intéressait :

— Il a parlé de trois autres enfants, des fils. Ce sont tous des cavaliers ?

Second regret : avoir laissé le registre à sa place. L'arbre généalogique de Kenan devait être répertorié dans sa totalité, mais je ne me sentais pas de retourner sur le yatch dans l'immédiat. Pas seule, et Alex n'était plus dans mes bonnes grâces. Heureusement, mon père possédait des informations à partager :

— Si on se réfère à la capacité de Cillian, connu pour être un de ses descendants, à déclencher des conflits et à semer le trouble sur son passage, on peut dire avec assurance qu'il est un cavalier. L'un d'eux a accédé à l'Ascension trois siècles plus tôt, ses relations avec son père ne sont pas au beau fixe. Quant au troisième, c'est la première fois que j'en entends parler. Je peux toujours essayer de me renseigner discrètement, proposa-t-il.

— Fais donc ça, Gardien, répondit Nathanaël sans me laisser le temps d'en placer une. Hariel va t'accompagner au paradis pour rencontrer le deuxième fils et mesurer le niveau de danger qu'il représente pour Debbie.

Si mon père n'apprécia pas l'ordre direct, il ne répliqua rien. À mon avis, il ne souhaitait pas prendre le risque de passer à côté de cette mission et de se rendre utile à ma cause. J'étais presque curieuse de demander des détails sur le nephilim devenu ange, sur sa mésentente avec son géniteur, même si je me doutais que les agissements de ce dernier devaient peser dans la balance de leur relation.

Il n'en fallut pas davantage à Hariel pour ouvrir la porte-fenêtre et inviter mon paternel à le suivre. Il ne s'attendait pas à un départ si précipité. Quand Nathanaël ordonnait, Hariel obéissait dans la foulée. Mon père nous embrassa sur la joue, ma mère et moi, puis se leva pour voler dans le sillage du général.

— C'est un truc angélique de passer par les balcons ? s'interrogea Estelle.

— Laisse, dit son jumeau. Avec de la chance, une bourrasque emmènera Blondinet dans l'immeuble d'en face.

— Et elle sera obligée de jouer les infirmières, répliquai-je.

Ruth émit un grognement caverneux.

— Hey ! Les portes, ce n'est pas fait pour les chiens, cria-t-il aux deux anges, qui l'ignorèrent superbement.

Avec leur départ, l'air se déchargea en énergie céleste, mais resta saturé de l'aura de Nathanaël. Mon esprit peinait à raccrocher tous les wagons. Les jours de captivité m'affectaient plus que je ne l'aurais pensé. L'instinct maternel détecta ma fragilité, car la seule humaine se leva de sa chaise.

— Je vais te préparer quelque chose à manger, si ton amie me permet d'utiliser sa cuisine.

— Bien sûr, je vous accompagne. Mes placards ne se sont pas aussi remplis que mes étagères à chaussures, reconnut Estelle.

— Je vais fumer une clope sur la terrasse, annonça le faucheur.

Ruth ! Il allait véritablement me laisser seule face à mes démons ? Enfin, en l'occurrence, face à un archange terriblement sexy et perspicace.

— Tu as peur.

Nathanaël saisit mon menton entre son pouce et son index, puis me força à redresser le regard jusqu'au sien. Je me perdis dans la profondeur de ses ténèbres, où brillaient quelques étoiles.

— Tu as peur de ma réaction.

— À ta place, je serais en colère.

— Je n'ai rien détruit.

C'était une vision des choses.

— Et Alex est toujours vivant.

— Il m'a piégée, révélai-je. Il savait que j'avais potentiellement consommé du fruit de la Vie.

Les sourcils de Nathanaël se froncèrent à tel point que je craignis de le voir faire sauter l'appartement, finalement.

— Je ne suis pas morte d'envie à cause de lui, mais il n'a rien fait pour empêcher ça. Il a osé parler d'instinct et de pacte avec la Grande Faucheuse...

À ces mots, les sourcils de mon âme sœur s'arquèrent de surprise. C'était presque drôle à voir.

— Vraiment ? C'est extrêmement rare que cette entité accorde la moindre faveur. On ne négocie pas avec elle, jamais. Je vais peut-être avoir une petite discussion avec Alexandriel sur deux ou trois petites choses.

S'il ne m'avait pas trahie, je le plaindrais sincèrement d'avoir à affronter l'ancien archange.

— Quant à nous, reprit-il, tu as rêvé de ton accouchement, Debbie. Je ne suis pas idiot, je suis conscient que ton destin est de porter un autre enfant que le mien. Jamais je ne t'aurais donné de cavalier, malgré tous mes efforts. C'est difficile à accepter, mais je peux le supporter.

— Comment tu peux le supporter ? demandai-je en reprenant ses termes.

— Je suis un ange, ma déesse. Tu as beau être ma maîtresse et la femme que j'aime, je connais ma place et mes devoirs. Tu as un destin à accomplir, contre lequel il serait dangereux de lutter. Ta vision prémonitoire se réalisera et, comme tu l'as vu, je fais le choix d'être à tes côtés.

Ses paroles furent aussi réconfortantes qu'un fondant au chocolat. Les larmes me montèrent aux yeux. Serais-je capable d'autant d'abnégation par amour ? À cet instant, j'avais envie de me fondre dans ses bras. J'aimerais lui témoigner à mon tour combien il était important pour moi, que mon cœur lui appartenait. Pour le moment, je ne brillais pas par mes actes envers mon archange.

— Tu es parfait.

— Aussi, en effet.

Ce manque de modestie m'amusa. Le pire ? Je ne distinguais aucune trace d'ironie dans son regard. Ah ! L'orgueil des anges ! Je posai mes lèvres sur son sourire en coin, puis passai mes bras autour de sa nuque.

— Tu sais, si je suis vraiment enceinte d'Alex, je ne suis pas obligée de le garder.

J'avais parlé tout bas, pour échapper à l'ouïe fine de Dieu, et m'attendais à une mine outrée de l'archange, mais il sembla considérer cette possibilité. Après tout, aussi difficile que soit cette décision, j'avais le choix de devenir la mère du petit Mort ou non.

Notre conversation fut coupée par la sonnette de l'interphone. Après un « j'arrive » enthousiaste d'Estelle, sa voix perdit de sa jovialité.

— Oui. Tu peux entrer.

— Il y a un problème ? m'inquiétai-je en la voyant blême.

Estelle ne m'accorda aucune attention. Elle se rapprocha de la porte-fenêtre, qu'elle ouvrit malgré la fumée de cigarette.

— Père est là.

Chapitre douze

Sur le balcon, Ruth jouait les gargouilles. Il resta figé dans sa posture avant de battre plusieurs fois des paupières. Les traits de son visage se durcirent, comme s'il se changeait en pierre. Une visite du paternel n'augurait rien de bon pour les faucheurs.

D'un bond, Nathanaël fut sur le qui-vive, et je l'imitai par instinct. Il passa un bras autour de mes hanches, puis m'attira contre lui.

— Nous ferions mieux de vous laisser.

À peine eut-il prononcé ces mots qu'un homme se matérialisa dans une volute de fumée grise. Surprise par cette apparition soudaine, je frôlai la crise cardiaque. Alors que j'essayais de me fondre dans les bras de mon archange, ma mère annonça calmement ajouter un verre.

— Mes chers enfants, vous en faites une tête d'enterrement.

Ha. Ha. La Mort a de l'humour !

— Père, nous ne t'attendions pas, l'accueillit Estelle en recouvrant son enthousiasme.

— N'ai-je plus le droit de rendre visite à mes enfants ? Ma fille chérie, je vois que tu ranges mieux tes chaussures que tes âmes.

Un sourire amusé s'imprima sur le visage de l'entité, qu'elle embrassa sur la joue. Estelle avait hérité du regard pétillant de son géniteur, qui devint orageux en se posant sur Ruth.

— Mon garçon.

— Père.

— Toujours affublé de ces maudites chaînes.

Ça sonnait comme un reproche. Ruth croisa les bras sur sa poitrine avant de hausser les épaules.

— Les femmes raffolent de mon côté mauvais genre.

— Mh. Je pense que c'est plutôt toi qui as un faible pour les femmes et les hommes, ajouta-t-il en tournant son visage vers moi. Voire les nephilims. Debbie, c'est un plaisir de te revoir.

— Ravie que ce soit dans d'autres circonstances, trouvai-je à dire.

Il ressemblait parfaitement à l'homme de mon souvenir : un beau spécimen aux cheveux bruns, à la carrure imposante, loin des illustrations anguleuses et squelettiques des encyclopédies. Il portait un costume trois-pièces gris sur une chemise blanche, une grosse montre luxueuse à son poignet et une chevalière frappée d'une tête de mort raffinée. Une extravagance qui rappelait ses fonctions.

D'un signe de tête respectueux, Nathanaël salua le nouvel invité par son prénom, politesses rendues par le dieu.

Si l'appartement donnait l'impression d'être trop petit pour contenir nos âmes, les murs semblaient onduler depuis l'arrivée de la Grande Faucheuse. Un frisson me parcourut à cause de la température plus fraîche, à moins que ce ne soit l'entité qui fasse cet effet? J'avais du mal à réaliser que LA faucheuse remerciait ma mère pour le café avec un sourire affable. Cette dernière m'apporta mon chocolat chaud ainsi que des collations avant de filer dans la cuisine. Sage décision.

— Que nous vaut l'honneur de ta visite, père ? le questionna Estelle.

Personne n'osa s'asseoir. Tout le monde braquait les yeux sur l'ange. En était-il vraiment un, d'ailleurs ?

— Je suis là pour ton amie Debbie.

Dans la seconde, Nathanaël me serra plus fort, son corps se plaçant devant le mien comme un bouclier. Dans mon champ de vision, je vis aussi Ruth se rapprocher. Alors que le moment paraissait crucial, je n'arrivais pas à chasser l'image que nous formions : des pingouins agglutinés sur la banquise. Même Estelle avait pivoté de sorte à devenir la principale interlocutrice de son père.

— Eh bien, eh bien, ricana Azraël. Quelques mots n'ont jamais tué une nephilim.

— Les tiens pourraient, maugréa Ruth.

— Ce ne serait pas dans mon intérêt.

Mes deux gardiens respirèrent à nouveau.

— Quel est votre intérêt, si je peux me permettre? questionna Nathanaël.

— J'ai ouï dire que le petit dernier des cavaliers nous rejoindrait d'ici la fin de l'année.

Les nouvelles allaient vite, trop vite, elles me dépassaient à la vitesse de la lumière.

— Debbie a quitté l'Éden depuis quarante-huit heures à peine, cela me semble prématuré de considérer cette grossesse comme acquise.

— Soit, j'accepte de laisser le bénéfice du doute, mais dans le cas où elle serait avérée, j'ose espérer la voir mener jusqu'à son terme.

— Je crois que cette décision lui revient.

La Grande Faucheuse plissa les paupières ; Nathanaël ne vacilla pas.

— Il vaudrait mieux pour Alexandriel que cet enfant vienne au monde, déclara Azraël avec une lenteur exagérée.

Son ton était dénué d'agressivité, mais impossible de passer à côté de sa dangerosité.

— Ça a quelque chose à voir avec le pacte signé entre vous ? m'entendis-je penser à voix haute.

— Tu es bien renseignée, jeune fille, mais on dirait qu'il te manque une partie de l'histoire. Le pauvre ne peut pas mourir sans mon accord.

Le magnifique regard sombre de la Grande Faucheuse glissa sur son fils, qui n'en menait pas large. Ruth perdit des couleurs et de son charme physique ; de nouvelles cicatrices sillonnèrent son visage et ses bras. Sa nervosité détraquait le pouvoir autour de sa véritable forme, et un nouveau frisson remonta le long de mon échine. *Ne me regarde pas.* Sa mise en garde me revint en tête, et je la mis à exécution.

Malgré ma rancœur envers le nephilim, je m'inquiétais de cette obligation de vivre. Dans la bouche de la Mort, cela sonnait comme une punition.

— Pourquoi Alexandriel voudrait mourir ? Pour rejoindre sa moitié, déduisis-je.

— Tu chauffes. Fils, tu aides ta chère amie ?

— S'il salit la part humaine de son âme, il pourra descendre en enfer, révéla Ruth.

Je me décomposai sur place. Alex désirait salir son humanité et rejoindre le royaume des démons ? Il agissait toujours pour la lumière, bon et protecteur tel un ange. Son aura ne dégageait aucune malice. Quel nephilim voudrait passer les portes de l'enfer ?

— Pour ? insista Azraël, d'un ton paternaliste.

— Il doit se damner pour sauver sa fille, continua Ruth.

Mon estomac se tordit avant de s'effondrer dans ma poitrine.

— Attendez, sa fille est mort-née.

Son arbre généalogique ne mentionnait pas d'autre enfant.

— Pas exactement. Elle a vécu quelques secondes parmi les vivants, une existence éphémère suffisante pour dépendre du travail d'un Faucheur, m'expliqua le patron des morts.

J'allais relever les yeux lorsque Nathanaël plaqua une main sur mes paupières. Un frisson me glaça jusqu'aux os.

— J'étais jeune, se justifia Ruth. Inexpérimenté. J'ai fait de mon mieux !

— Ruth, entendis-je appeler Estelle avec douceur. Calme-toi.

Une discussion avec le Faucheur me revint en mémoire. Il avait évoqué la mort de Malia, pendant son adolescence. Grâce aux explications de ma meilleure amie, je savais que les jumeaux se partageaient les fauchages, l'un pour le compte de l'enfer, l'autre du paradis. Si Ruth se chargeait des nephilims, cela voulait dire que la charge des âmes pures lui revenait et la faute lui incombait.

— Par ton manque de rigueur, une cavalière sert l'Enfer.

Nous allions de révélation en révélation, et cette information ne tomba pas dans l'oreille d'un sourd.

— Alexandriel est le père de quel fléau ? questionna Nathanaël.

— Famine, bien sûr.

— Et vous souhaitez qu'il engendre Mort.

— Je préfère que le quatrième hérite des gênes de ce couard de nephilim, plutôt qu'être un rejeton de Kenan. Je n'ose imaginer son influence sur le monde avec trois entités légendaires de son sang. Les diviser est une nécessité, mais je suppose que tu comprends pourquoi, Traqueur.

Personnellement, je ne voyais que la partie visible de l'iceberg. J'incitai Nathanaël à libérer ma vision en abaissant sa main, toujours sur mes yeux.

— Si c'est si important, pourquoi vous ne vous occupez pas du problème Kenan ? Laissez-moi deviner, ce n'est pas comme ça que ça passe, supposai-je en reprenant les termes des jumeaux.

— Exactement. Pas de zèle. Ce contrat avec le jeune nephilim est déjà alambiqué, mais je devrais parvenir à mes fins. Une pierre, deux coups.

— C'est cruel pour Alex, fis-je remarquer.

— C'est une seconde chance que je n'accorde jamais.

Ou presque.

— L'Apocalypse vous inquiète ?

— Pas le moins du monde, me répondit-il avec un sourire amusé.

J'observai l'entité, perplexe. Un ricanement charmant s'échappa de ses lèvres charnues. Je jetai un regard à mon archange à la mine sérieuse. Je lui envoyai des milliers de points d'interrogation en image mentale pour attirer son attention.

— C'est la colère de Dieu qu'Azraël craint. La dernière fois que des nephilims se sont montrés trop ambitieux, ça a été un véritable déluge de fureur. En quelques heures, les enfants d'ange ont été exterminés, tous les sang-mêlé traqués. Cette nuit a été particulièrement traumatisante, elle a aussi rappelé à toutes les créatures, même les démons, que le grand patron, c'est Lui.

— Tu es perspicace. Je ne souhaite pas voir mes enfants se changer en poussière à cause d'un nephilim trop arriviste pour son propre bien.

Donc, il agissait par amour pour ses enfants. C'était... touchant pour l'ange de la Mort. Si Estelle ne cachait pas son émotivité, Ruth paraissait dubitatif. Apparemment, les relations entre le père et le fils étaient compliquées. De mon côté, je ne savais pas quoi penser de tout ceci. On m'utilisait sans mon accord pour éviter les punitions du grand manitou. Certes, je subirais ses foudres s'Il décrétait que Kenan allait trop loin, mais je détestais être manipulée tel un vulgaire pion.

— Je vois. J'aurais préféré qu'on me parle de vos manigances, dis-je en croisant les bras.

— Tu es née pour porter le petit dernier. Si je n'avais pas négocié un arrangement avec Alexandriel, qui t'a tirée des griffes de Kenan, que crois-tu qu'il se serait passé ?

— Avec des « si », on peut imaginer beaucoup de scénarios différents.

— Je te l'accorde, mais c'est celui-ci que nous jouons.

J'ouvris la bouche pour répliquer, avant de la refermer sous la poigne de Nathanaël sur ma hanche. Même si son arrangement avec Alex permettait de sauver ma meilleure amie, selon ses dires, il pouvait s'asseoir sur ma reconnaissance. Je risquais de porter un enfant, une étape encore loin sur mon planning de vie.

Le silence de nos réflexions intérieures fut rompu par la Grande Faucheuse, qui déposa sa tasse vide sur la table basse. Il jeta un œil à sa montre, un tic répété plusieurs fois depuis son arrivée. J'imaginais que le temps avait son importance pour l'entité, et il jugea nous en avoir octroyé assez :

— L'heure est venue de retourner à mes occupations. Estelle, ma puce, la salua-t-il chaleureusement en passant un bras autour de ses épaules. Ruth.

— Père.

La Grande Faucheuse m'adressa un clin d'œil avant de s'évaporer dans une volute de fumée très théâtrale.

— Ça s'est plutôt bien passé, souffla Estelle.

J'aurais juré voir briller de la culpabilité dans son regard lorsqu'elle s'adressa à son jumeau, toujours glacial.

— Tu crois vraiment que papa fait ça pour nous ? enchaîna-t-elle, pour le sortir de son mutisme.

— Pour toi, je n'en doute pas une seconde.

— Ruth...

— Écoute, je n'ai pas envie d'en parler, et ce serait mal venu de nous regarder le nombril alors que Debbie ne verra probablement plus le sien dans quelques mois.

— Ouais, tu as raison, soupira Estelle. Désolée, ma biche. Même nous, ses enfants, ça nous trouble quand il débarque sans prévenir.

— J'imagine. C'est un oiseau de mauvais augure, exagérai-je en me frictionnant les bras.

Cependant, il n'avait pas apporté de bonnes nouvelles, plutôt des couteaux placés stratégiquement sur ma gorge. Si je refusais de donner la vie, je risquais de perdre la mienne à cause de Kenan.

— Je peux me débarrasser de lui.

La voix de mon déchu me tira de mes réflexions. Apparemment, j'avais exposé mon brainstorming à son esprit.

— Et tes ailes, tu y penses ?

— Elles sont déjà entachées par mes actes, et ta sécurité prime sur mon auréole.

— D'après Liliah, tuer un nephilim t'enverrait directement en enfer. Ce serait dommage alors que le Conseil réfléchit à te rendre ta place.

Il haussa un sourcil, surpris.

— La rumeur vient de Kenan, expliquai-je.

— Si je peux me permettre, intervint Ruth, avant que vous vous disputiez sur une intervention céleste. Le problème, c'est le contrat entre Alex et notre paternel. Si Nathanaël tue Kenan à sa place, il sera caduc, et la petite sera toujours entre les mains des démons. Alex n'aura jamais le droit au repos.

— Est-ce cette erreur qui affecte autant ton âme ? l'interrogea le déchu.

Le visage du Faucheur se ferma aussitôt. Soit Nathanaël touchait un point sensible, soit la véritable raison était encore plus obscure.

— Tu sais ce qu'on dit à propos de la curiosité.

— Et toi de la culpabilité ?

— Je souhaite juste réparer mon erreur, coupa Ruth.

Estelle posa une main sur le bras de son jumeau, qui ne repoussa pas son geste malgré son regard noir. J'éprouvais de la peine pour le faucheur souffrant d'une maladresse de jeunesse, un manque d'expérience. J'aimerais lui apporter mon aide, même si elle incluait des étapes tordues comme la mort d'un nephilim, voire deux. Si on décidait de permettre à Alex de remplir sa part du marché, je serais l'unique représentante de mon espèce. Ma colère avait beau vibrer avec force, je ne restais pas de marbre face au sort d'Alex et de sa fille.

Mes pensées s'entremêlèrent jusqu'à former une pelote de nœuds, que Nathanaël démêla pour poser des questions à Ruth :

— L'enfant d'ange est au courant? Comment l'a appelé votre père, déjà ? Le couard.

Un sourire mauvais fleurit sur ses lèvres.

— De ma boulette? Non. Enfin, il ne sait pas que je suis le responsable. On ne se fréquente pas, je n'ai jamais eu l'opportunité d'en discuter avec lui et, franchement, je me voyais mal l'aborder, lui payer un verre et le démolir avec ma version de l'histoire. Je suis féroce, mais pas sadique.

Nathanaël pencha la tête sur le côté. Il se satisfit de cet éclaircissement. Ruth s'en voulait, mais ne cherchait pas le pardon des victimes, lui préférant la réparation de sa faute. Du moins, j'interprétais ses mots de cette manière. J'étais éreintée. Mon long soupir trahit ma lassitude et mon impuissance.

— Il faut qu'on parle à Alex.

— Nous allons d'abord attendre les rapports de Hariel et de ton père. Tu devrais te reposer.

— Pendant que tu « discutes » avec lui ? J'ai surtout besoin de manger le petit déjeuner promis par ma mère, de prendre une douche et de m'entraîner avec Ruth.

— Avec ou sans archange, la douche ? demanda Nathanaël, les yeux scintillants de désir.

Je me sentis rougir jusqu'à la pointe des cheveux. Le sourire conquérant et ravageur du déchu effaça les protestations de mon estomac. J'en oubliai la présence des jumeaux et — pire ! — de ma mère. Le monde n'existait plus lorsque Nathanaël devenait le maître de mes envies.

— Ohlala ! s'écria Ruth. Désolé, les gars, mais j'ai besoin de me foutre sous un jet d'eau glacé de toute urgence ! De la torture. C'est de la torture !

Le faucheur nous bouscula avant de s'enfuir dans la salle de bains, la main sur l'entrejambe. Que lui prenait-il ? Devant ma mine interloquée, ma meilleure amie dégaina son téléphone puis me présenta l'écran où une charmante brunette écarquillait de grands yeux de biche, la bouche entrouverte.

— Ah ! Oui. C'est une petite nouveauté depuis mon séjour sur l'Éden. Il faut que j'apprenne à le maîtriser.

— Pas avec Ruth comme professeur, prévint Nathanaël. Je vais m'en charger personnellement.

Estelle leva les yeux au ciel pendant que j'imaginais être la pire des élèves, juste pour le plaisir. Je ne l'avais jamais été, mais j'étais très motivée par une expérimentation.

— J'ai hâte de commencer ! Mais d'abord, faisons honneur à la cuisine de ma mère.

— Soit. Ensuite, je compte me rappeler à ton bon souvenir, reconquérir ton corps et le marquer de mes dents.

— De tes dents ? répétai-je, intéressée. C'est sauvage, pour un archange.

Joueur, Nathanaël se pencha pour mordiller ma nuque — et réveiller ma déesse endormie.

— Ça tombe bien, j'ai laissé mon côté chaste au paradis en tombant des Cieux.

— Je suis presque curieuse de rencontrer cette version de toi.

Pour la dévergonder, bien sûr !

— Elle est efficace, puissante et implacable, énuméra-t-il lentement.

— Et on dit que les démons sont prétentieux, se marra Estelle.

Je ris à la remarque de ma meilleure amie. J'avais déjà goûté à ces trois qualités de Nathanaël, elles étaient indéniables.

— Je ne vois pas ce qui change, le taquinai-je.

— La jupette, supposa la faucheuse avant de se corriger sous le regard incisif du déchu. Enfin, l'armure du Traqueur.

— Tu portes une jupette ? l'interrogeai-je, stupéfaite.

— Bien sûr, rétorqua-t-il avec aplomb. C'est une tenue de parade, pas de combat.

Incroyable. Je l'imaginais aussi sexy qu'un Écossais en kilt, plus érotique encore. J'ouvris suffisamment mon esprit pour partager avec Nathanaël mon envie de le découvrir dans cette fameuse armure.

Depuis mon débarquement de l'Éden, j'avais tout de même l'impression de nager en plein délire, que toutes nos conversations étaient surréalistes. Après l'acceptation de mon infidélité, la discussion avec la Grande Faucheuse autour d'un café, voilà que j'apprenais les goûts vestimentaires insoupçonnables de mon homme. Une histoire de jet-lag, peut-être ? De choc post-traumatique ? Je fis passer cette idée en mordant dans le toast recouvert de pâte à tartiner. J'en avalai un autre, puis un troisième. Nous avions terminé depuis un moment, et l'eau coulait toujours dans la douche. Ruth allait vider le ballon d'eau chaude à ce rythme.

— Tu crois que ton frère est tombé dans le trou de la bonde ?

— Ruth ! Je te préviens, si tu continues tes cochonneries, je t'envoie Nathanaël en tenue de guerre, ça va te refroidir !

Un grognement sourd parvint jusqu'à mes oreilles, me faisant rire doucement.

— Pauvre Ruth, quand même !

— Pauvre Estelle, oui ! Je te rappelle que je suis connectée aux pensées de mon frère, et c'est un véritable moulin, là-dedans.

— Un peu comme dans ton cul, répliqua le faucheur, qui venait d'apparaître dans l'encadrement de la salle de bains.

Je plaquai ma main sur ma bouche. Cette réplique ne volait pas très haut, mais j'étais très bon public et l'appréciais à sa juste valeur. C'était bien envoyé, même si je me devais de défendre l'honneur de ma meilleure amie, qui n'avait absolument pas besoin de moi. Après un « pardon » sonore de sa part, elle chopa le torchon accroché à la poignée du four et l'enroula sur lui-même pour le transformer en arme redoutable. Ruth s'enfuit dans la chambre, sans parvenir à en bloquer l'accès. Estelle s'engouffra dans la pièce, morte de rire, et un claquement résonna, suivi d'un « diablesse ! ».

Oui, Estelle était une diablesse. Et moi, je n'étais pas sa meilleure amie pour rien, puisque je l'encourageai à se venger de son frère. Ce petit aparté puéril me fit un bien fou. Une parenthèse de normalité qui manquait à ma vie depuis ma Révélation.

Chapitre treize

Mon père et Hariel revinrent alors que le soleil déclinait derrière les hautes tours du quartier des affaires de la capitale. Sa lueur orangée filtrait au travers des longues rémiges immaculées, que les deux anges firent disparaître. Ils ne nous apprirent rien d'important, si ce n'était que le fils auréolé de Kenan lui vouait une haine dangereuse, presque démoniaque. Il avait mis en garde mon père sur le reste de sa fratrie, prête à générer du chaos à la moindre étincelle. Dans toute sa splendeur archangélique, Nathanaël balaya ces menaces d'un revers de la main, mais je savais qu'il prendrait des mesures en conséquence. Mon paternel eut une réaction moins mesurée lorsqu'il apprit la visite de la Grande Faucheuse. Il s'inquiéta pour moi, mais surtout pour ma mère, qu'il embrassa comme si sa vie en dépendait. C'était mignon et un peu gênant, même pour une nephilim. Heureusement, ils ne s'éternisèrent pas et partirent étaler leur amour ailleurs, après m'avoir fait promettre de veiller à ma sécurité. Comme si j'étais du genre à me lancer tête baissée dans les problèmes… Bon, à leur décharge, c'était mon mode opératoire préféré, et je comptais faire payer Kenan pour cette semaine de captivité.

Pour la première fois de mon existence, je ressentais un besoin de vengeance. Oh ! Il m'était déjà arrivé d'imaginer planter des aiguilles dans une poupée vaudou à l'effigie de mon professeur d'anglais, une vieille peau qui me terrorisait. Là, la noirceur de mes ressentiments équivalait à ceux d'un démon blessé. Peut-être devrais-je m'en préoccuper. *Peut-être*. Mes amis s'en soucièrent avec discrétion tout le reste de la soirée. Ils ne cessaient de m'observer derrière leur verre et leurs longs cils, de me gaver de chocolats et de me demander si j'avais besoin de quelque chose.

Vers deux heures du matin, Hariel s'éclipsa et les jumeaux prétextèrent avoir un quota d'âmes à rattraper. La porte à peine fermée, Nathanaël se jeta sur mes lèvres avides des siennes et m'allongea sur le canapé. Le poids de son corps et sa verge rigide contre mon bas ventre réveillèrent la bête qui attendait son heure. Je m'enivrai de son parfum, me nourris de ses baisers sauvages et de ses caresses. La première morsure, à la fois douce et profonde, me fit sursauter. Il ne plaisantait pas ! La seconde fut plus agressive et possessive. Les bras retenus au-dessus de la tête par sa main, je répliquai en arquant les reins pour rencontrer son bassin et m'y frotter. La suite se transforma en danse endiablée, de corps se rencontrant avec force, comme pour fusionner, de lèvres dévorées férocement et de jouissance à réveiller tout le bâtiment. Je m'étais déchaînée, à nouveau, dominée par ma déesse intérieure. Ce ne fut pas tendre, mais primaire et brutal. *Animal.*

Nathanaël avait-il répondu à des besoins dont je ne soupçonnais pas la bestialité ? Il m'avait possédée sans répit, anticipant des envies que je n'oserais même pas avouer à voix haute.

Nos corps ne furent plus qu'un amas de jambes et de bras entremêlés. Je cherchais toujours mon souffle au travers de ses lèvres, que je goûtais avec gourmandise. Mes mains tremblaient sur son dos, de fatigue et de plaisir intense. J'étais grisée. Nous nous étions envolés au septième ciel — ou plutôt, roulés dans les cendres de la luxure —, et je ne parvenais plus à en redescendre.

Ma déesse était comblée, mais je sentais toujours une pointe d'amertume sur ma langue.

***

Les faucheurs rentrèrent tôt dans la matinée avec des viennoiseries et de grands mugs de boissons chaudes. Leurs visages n'affichaient aucun signe de fatigue, au contraire. Ils paraissaient revigorés par cette sortie mortelle. Nathanaël et moi profitions du calme matinal pour nous réveiller en douceur sur le canapé. Mes doigts jouaient avec ses longues mèches ébène qui lui arrivaient jusqu'aux épaules pendant que les siens effleuraient mes cuisses. Cette tendresse tranchait avec notre nuit mouvementée, elle m'apportait beaucoup de sérénité et de réconfort, comme les petites attentions des jumeaux.

— On a même droit au service de chambre ? Je vais emménager aussi chez toi, Estelle.

— Je n'ai rien contre vivre en colocation, à condition que TU partages mon lit. Je refuse de dormir avec mon frangin, c'est un vrai tyran de la couverture. Peu importe le nombre de traversins de sécurité au milieu, il parvient toujours à s'enrouler dans les couettes et à te laisser le côté avec l'étiquette.

Ruth haussa les épaules d'un air innocent avant de distribuer les cafés, le cappuccino et les croissants.

— Un diablotin ne t'a jamais croqué les orteils pendant ton sommeil, c'est pour ça.

Était-il sérieux ? Petite, je craignais qu'un monstre ne vienne mordre les parties de mon corps en dehors de la couverture. Cette peur infondée et enfantine prenait-elle sa source dans un fait avéré ? Encore aujourd'hui, il m'arrivait de mettre un pied à l'abri ou d'éviter de laisser pendre ma main dans le vide. *Brrrrh* !

— Ça me va, dis-je en effaçant l'image du petit lutin maléfique de ma tête. De toute façon, si j'ai bien compris, nous allons cohabiter pendant quelque temps.

— En attendant de régler le cas « Kenan », on pourrait partir à Bali et louer une grande villa avec piscine à débordement, vue sur l'océan, suite parentale pour tout le monde et du personnel aux petits soins, proposa le faucheur. Nathanaël et moi remplissons deux-trois contrats de chasseurs de prime, et on vous paie des vacances de rêve !

Ces contrats rapportaient-ils autant ? Je vis le déchu réfléchir sérieusement à cette possibilité ; pour m'éloigner de Kenan ou pour me changer les idées ? Sans doute les deux.

— Solde déjà ta dette envers les démons, puis on en reparlera.

Estelle détruisit mes fantasmes de plages paradisiaques. Je défis mes valises mentales d'un claquement de doigts. J'avalai une gorgée de mochaccino pour diluer les résidus de mon imagination fertile, puis pour me cacher de la réflexion formulée par Ruth :

— Ouais, sans compter que Nathanaël semble attirer les tigresses. On dirait qu'il s'est battu avec une meute enragée pendant notre absence.

Les traces de mes ongles s'estompaient rapidement sur la peau de l'archange, mais on distinguait de minces sillons rougeâtres sur ses épaules et ses biceps.

— T'as pas honte de mater mon mec ? demandai-je à Ruth afin de masquer ma gêne.

— Je suis juste très observateur.

— Prends garde à tes yeux.

— Parce qu'un coup de griffe est si vite arrivé ou que ta beauté va brûler ma rétine ?

Nathanaël esquissa un sourire énigmatique, mais son regard exprimait une dangerosité qui n'effraya pas Ruth.

— Pas de bagarre dans mon salon, avertit Estelle. Si vous abîmez mes affaires, vous aurez un véritable problème : moi.

Elle parla d'un ton léger, cependant, Ruth cessa d'asticoter l'archange en haussant les sourcils.

— Pas de drama, pas de vacances… t'es devenue ennuyante ! Est-ce que tu t'envoies encore en l'air au moins, sœurette ?

— C'est toi que je vais envoyer en l'air, frangin.

— Ah ! Là, je te retrouve, gloussa-t-il.

— On ne dirait pas que vous avez passé une nuit blanche, fis-je remarquer. Vous êtes en forme !

Alors que moi, j'avais du mal à immerger. La mince dose de caféine ne tarderait pas à faire son effet, heureusement.

— Comment ça se passe pour le boulot, Tetelle ? Et Anna, comment va-t-elle ?

— Les mortels ne gardent pas un souvenir limpide de l'attaque à la convention. Pour eux, il a juste été question d'une alarme incendie déclenchée à cause d'un départ de feu dans les cuisines. L'absence du big boss a été justifiée par des obligations patronales, puisque Kenan est actionnaire de plusieurs sociétés. La gestion de l'incident a été confiée à une équipe en interne, qui va réorganiser l'événement dans les semaines à venir. Anna ne souffre d'aucun traumatisme, elle était même contente de pouvoir rentrer plus tôt chez elle et éviter Tom. Quant à toi, j'ai fait courir le bruit d'une nouvelle intoxication alimentaire. Vu ta silhouette, ça va manquer de crédibilité !

— Tu es en train de me dire, avec plus ou moins de tact, que j'ai trop forcé sur le chocolat ?

— Exactement ! Mais Dame Nature semble t'avoir à la bonne, tu es devenue pulpeuse. Si j'avais été à ta place, elle m'aurait tout fait prendre dans le cul !

Je m'attendais à voir Ruth saisir le bâton tendu par sa sœur pour lui taper dessus, mais le faucheur resta miraculeusement silencieux en se mordant la lèvre inférieure. Il résistait à la tentation, non sans mal.

— Enfin, ce n'est qu'un détail, reprit Estelle. Si besoin, on peut repousser ton retour, même si ton chef commence à paniquer devant la charge de travail. C'est drôle et répugnant à la fois. Drôle de l'entendre bafouiller, répugnant de le voir suer. Au moins, il n'a plus le temps de me tenir la jambe pendant une heure pour me parler de ses marmots.

— Et Marielle ? Elle a pointé à son poste ?

— Oui. On pensait qu'elle veillerait aux arrières de Kenan non-stop, mais elle était sur tous les fronts ! C'était pratique pour la surveiller. Elle a juste quitté son bureau en urgence hier, puis Nathanaël m'a contactée afin de me prévenir qu'Alex avait retrouvé ta trace.

Grâce à mon père, je savais que les anges gardiens possédaient un genre de lien avec l'âme de leur protégé. Ainsi, ils percevaient le danger qui les guettait et pouvaient les influencer en conséquence. Marielle avait-elle le droit de le sauver de la noyade ? L'archange ne respectait aucune règle et jouait selon ses propres codes. Le pouvoir conférait des passe-droits, même au paradis.

— Si tu as besoin, je peux prolonger ton arrêt-maladie, proposa Ruth.

— Tu es véritablement médecin ou tu utilises les services d'un de tes contacts ?

— Les deux, me répondit-il avec un clin d'œil.

— Ce n'est pas contre nature, un faucheur qui sauve des vies ? demanda Nathanaël, curieux.

— Je souhaitais contrarier mon père.

— Tu t'entendrais bien avec Lucifer qui adore contrarier notre Créateur, il en a fait un sport national au paradis, soupira mon compagnon.

— Peut-être. C'est quelque chose que tu as du mal à concevoir, n'est-ce pas ? Toi, tu es né adulte et chasseur. Moi, je suis passé par toutes les étapes d'une vie, dont l'adolescence. J'ai détesté ma propre Révélation, devoir sectionner mon premier lien de vie et endosser le rôle de Faucheur. C'était une manière de rejeter ma nature, mais on n'échappe pas vraiment à son destin.

J'étais bien placée pour comprendre les paroles de Ruth, ayant moi-même traversé toutes les phases de l'enfance jusqu'à me réveiller un beau matin avec une furieuse envie de sauter sur tous les partenaires qui acceptaient de me soulager.

— Je suis désolée pour vous, ça a dû être difficile, supposai-je.

— Pas pour moi, avoua Estelle. J'attendais ce moment depuis… depuis ma naissance, je crois. J'ai adoré ça ! Je ne saisissais pas pourquoi Ruth refusait d'être un agent de la Mort, la fierté de notre père. Notre vingt et unième anniversaire a été le plus fabuleux, parce que je devenais officiellement une faucheuse, et le pire, car j'ai perdu une partie de moi ce jour-là, mon frère.

— Mais les choses se sont arrangées, devinai-je.

— Non, mais l'enfer est pavé de bonnes intentions, répondit Ruth de manière évasive. Et c'est ma sœur. Je ferai tout pour elle. Sauf déménager ses milliers de chaussures !

— Tout ? Masse-moi les pieds, alors !

— Plutôt faucher des âmes !

Il grimaça avant de faire mine de vomir. Quel comédien !

— Bref ! Viens voir le docteur Ruth quand tu veux.

— Tu peux d'ores et déjà me faire un mot d'excuse, alors. Avant d'affronter mes collègues, je dois m'occuper de deux nephilims, en commençant par Alex.

— Tu veux une ordonnance pour un poison ou deux ? Je connais une bonne adresse, un herboriste avec des ingrédients de grande qualité.

— C'est une version très personnelle du serment d'Hippocrate, commenta à demi-mot le déchu.

— Je vais me contenter de l'arrêt, pour le moment.

Deux paires d'yeux me fixèrent avec étonnement. Je ne voyais pas ceux de Nathanaël, mais je sentais son attention focalisée sur moi.

— Quoi ? J'en veux à Alex, mais ce n'est rien à côté de ce que je ressens pour Kenan. Je vais l'aider à remplir sa part du contrat avec la Grande Faucheuse, parce que je souhaite également me venger !

— Tu es consciente qu'ils vont mourir tous les deux? me demanda-t-il posément.

Oui. Enfin, *pas vraiment*. Je ne mesurais pas l'entièreté de l'impact de ce contrat sur Alex, ou peut-être construisais-je une sorte de déni confortable? S'il atteignait son but, je deviendrais l'unique représentante de mon espèce et, surtout, il serait damné pour le restant de l'éternité. C'était cruel. Kenan, lui, méritait la damnation éternelle.

— Je vais me préparer et aller lui parler, maintenant que je suis plus calme. Tu veux venir avec moi, Nath' ?

— Je ne te lâche pas. Et je dois aussi *parler* avec le fils d'ange.

— Ne t'inquiète pas, ma poulette, je te rappelle qu'Alex ne peut pas mourir sans l'accord de la Grande Faucheuse.

Haha. Estelle avait toujours une manière très particulière de me rassurer.

***

Nathanaël se posa devant le domicile d'Alex, juste devant la porte. J'adorais ce mode de transport ! Je regrettais que les nephilims n'aient pas d'ailes.

En attendant l'ouverture de la porte, j'en profitai pour peigner mes cheveux à l'aide de mes doigts. La chevelure de Nathanaël, elle, était rassemblée en une queue de cheval parfaite. Il était impeccable, alors que mon tee-shirt méritait un bon coup de repassage. D'ailleurs, ce n'était pas le seul. Alex ouvrit, le regard empli d'incrédulité. Sa chemise à peine boutonnée, son petit côté négligé lui conférait des airs adorables. Il devait sortir du lit.

— Que... Debbie, Nathaaa...

Le reste du prénom s'évapora de ses lèvres quand l'archange esquissa un pas menaçant dans sa direction, s'invitant dans la modeste maison. Un éclat de peur brilla dans les prunelles d'Alex, qui tâtonna ses hanches avant de dégainer une longue dague. *Une lame d'Azraël.* Il n'en fallut pas davantage pour encourager Nathanaël. D'un mouvement rapide et calculé, le déchu saisit le nephilim, puis bloqua son bras dans son dos. La seconde suivante, la joue d'Alex s'écrasait sur le carrelage. Il essaya de s'extirper de la prise maîtrisée du déchu, mais un gémissement plaintif résonna entre les murs de l'entrée. Gigoter l'exposait à de vives douleurs, apparemment.

— Tu vas vraiment finir par te blesser, fils d'ange. C'est une jolie arme que tu as là. Tu permets ?

De sa main libre, il leva la dague pour l'observer de plus près. Je vis Alex tressaillir à l'effleurement de la lame sur sa nuque. Nathanaël se redressa, une mine indéchiffrable sur le visage, le regard posé sur sa trouvaille.

— Il est à toi, m'informa-t-il d'un timbre froid, militaire.

Après des salutations si musclées, j'ignorais comment l'aborder... je choisis à l'instinct :

— Euh... Salut !

Malgré l'invocation silencieuse de ma déesse intérieure, je ne possédais pas l'assurance de l'archange ni ses manières.

Alexandriel se releva avec prudence, jetant des coups d'œil furtifs à son agresseur, adossé contre le mur.

— Debbie. Je ne m'attendais pas à te revoir après ce que je t'ai fait.

— Je n'y comptais pas de sitôt, mais s'entretenir avec la Grande Faucheuse fait revoir ses priorités.

Le nephilim perdit des couleurs, au point de devenir fantomatique.

— Tu as... tu as vu la Mort ? Que s'est-il passé ? Tu vas bien ?

Ses mains s'élevèrent afin d'établir un contact, mais le claquement de langue de Nathanaël l'en dissuada. Il resta de longues secondes désarmé, avant de laisser retomber ses bras le long du corps, les épaules voûtées.

— *Elle* n'était pas là pour mon âme, mais pour s'assurer que ses investissements allaient bientôt lui rapporter gros.

La nouvelle le rendit presque transparent. Devais-je craindre de le voir se liquéfier ? Je n'étais pas sadique, mais j'en rajoutai une couche :

— Je sais tout, ou presque, sur ton contrat avec le gardien des morts. Ça ne rend pas la trahison de notre amitié acceptable, mais je suis prête à en discuter avec toi et à t'accompagner botter le cul de ce fils de démon, pour être polie. Je veux ta version de l'histoire.

Il valait mieux ne pas placer toute sa confiance en une entité, un dieu, car ils possédaient plusieurs visages selon leurs humeurs. J'avais refusé d'entendre les explications d'Alex sur l'Éden, mais la situation dépeinte par la Grande Faucheuse faisait poindre une touche d'inquiétude dans mon océan d'âcreté.

— D'accord, se résigna le nephilim. Installons-nous dans le salon. Vous voulez boire quelque chose ?

— Juste un verre d'eau.

Nathanaël se contenta de lui jeter un regard insondable tout en manipulant la lame d'Azraël comme s'il jouait avec un couteau papillon. Prudent, Alex sortit trois verres et une bouteille d'eau neuve avant de prendre une carafe de whisky dans le bar. Je m'assis dans le canapé, face au fauteuil où se laissa tomber le nephilim. Contrairement à mon appartement, ou à celui de ma meilleure amie, l'habitation ressemblait à une maison témoin, sans chaleur ni effet personnel. Je m'étais déjà fait la réflexion par le passé, en lui rendant visite, et me rendis compte que cette absence de cadre photo, de souvenir ou de personnalisation relevait sans doute de son destin funeste. Il ne se projetait pas, n'avait pas de plan d'avenir, il ne m'en avait jamais parlé, en tout cas. C'était triste.

Je devais entretenir ma colère envers lui, mais ma nature angélique s'éveillait et démontrait de la compassion.

Alex se servit un grand verre de whisky, qu'il vida d'un trait. En s'en servant un autre, il nous livra le récit de sa vie :

— Comme tu le sais, Malia a été captive de Kenan pendant la plus grande partie de sa grossesse, dès le troisième mois. J'ai immédiatement prié sa mère de m'aider, ce qu'elle a accepté. À l'époque, j'ignorais l'existence de l'Éden, où elle était retenue. Et je ne connaissais pas ses systèmes de défense. Il a utilisé la même méthode, lancé un ange à ses trousses, ce qui le rendait insaisissable. Toi, je t'ai retrouvée en quelques jours, mais Malia… il a fallu que sa mère abandonne, que je fasse cavalier seul, pour que l'Éden se révèle à moi. Quand je suis arrivé…

Les mots se coincèrent dans sa gorge. Il les ravala avec une longue gorgée d'alcool. Quand il rouvrit les yeux, des larmes s'accrochaient à ses cils.

— Je n'ai même pas reconnu son visage. Sa voix. Son regard. Tout était... abîmé. Son corps s'est brisé en mettant notre fille au monde, raconta-t-il très lentement, comme si chaque syllabe lui coûtait.

Je serrai les poings. Les larmes roulèrent sur ses joues, brûlantes de tristesse.

— Elle est morte dans mes bras, notre fille contre sa poitrine. Je ne me souviens pas comment j'ai quitté l'Éden, leurs corps contre le mien. Je me suis « réveillé » devant leurs sépultures, en plein choc post-traumatique. J'ai été incapable de supporter et de surmonter le chagrin. Je voulais mourir, les rejoindre. À quoi bon vivre sans l'amour de ma vie, sa joie et sa douceur. Elle était ma raison d'être, l'autre moitié de mon âme. Je perçois encore le vide créé par son absence. Ce n'est pas seulement son regard qui s'est terni quand la Grande Faucheuse a sectionné son lien de vie, mais toutes les couleurs du monde. Elles n'ont plus jamais été aussi vives ni puissantes. Et je ne me sentais pas capable de vivre dans ces paysages ternes, sans ne plus jamais la voir.

« Je me suis jeté d'une falaise sans aucune hésitation. Il fallait que la douleur s'envole, c'en était trop. Mais je n'ai jamais touché l'eau. Quand j'ai rouvert les yeux, je lévitais au-dessus de la mer déchaînée, tenu par la main de la Grande Faucheuse.

« Le dieu m'a proposé de passer un marché. Il fermait les yeux sur ma couardise, m'offrait une de ses lames et insufflait dans mon cœur un sentiment de vengeance pour défendre l'honneur de ma défunte femme. En échange, je devais donner une vie, mais pas n'importe laquelle. Un cavalier. Le dernier des cavaliers devrait être mon enfant. Une fois celui-ci né, la Grande Faucheuse acceptera de me laisser rejoindre l'Éden.

Alex plongea son visage entre ses mains et inspira profondément. Des soubresauts secouèrent ses épaules, et sa lèvre inférieure trembla. Pendant les longues secondes où il se perdit dans ses souvenirs, je laissai mon visage exprimer la douleur provoquée par le déchirement dans ma poitrine. *Bon dieu*, que c'était difficile d'écouter cette histoire. Finalement, je ne pus m'empêcher de m'asseoir sur l'accoudoir de son fauteuil et de poser une main sur son épaule en signe de soutien.

— J'ai refusé sa proposition. La vengeance ne m'intéressait pas, je souhaite seulement retrouver Malia. Alors, il a sorti l'as de sa manche, son ultime carte. Ma fille. Il m'a révélé sa nature et, surtout, où se trouvait son âme. Elle n'était pas au paradis ou au purgatoire, mais en enfer. La consécration de notre amour, entre les mains des démons... Je ne pouvais plus refuser sa proposition, mais les nephilims ne sont pas destinés à la damnation, à moins à salir leur âme. Et, selon la Grande Faucheuse, tuer un être céleste ou de sang-mêlé était suffisant pour me souiller et m'ouvrir les portes du royaume de Lucifer.

Le nephilim descendit un troisième verre, mais l'alcool ne lui apporta aucun réconfort.

— Je suis désolée pour vous, trouvai-je à dire.

C'était léger, mais que dire ? Rien ne pouvait apaiser de telles horreurs.

— Parfois, je me dis que la Grande Faucheuse avait tout prévu, souffla-t-il avec un sourire — ou plutôt une grimace — désabusé.

— Ce n'est pas impossible.

La Grande Faucheuse possédait une beauté à en crever pour mieux cacher son sadisme.

— Chez moi, lors de la soirée pour fêter mon retour du paradis, tu as parlé de sursis ? J'ai du mal à comprendre.

— Je ne sais pas quel démon retient ma fille.

C'était bien ce que je craignais. Si le fruit de l'arbre de Vie faisait effet sur mon organisme, le temps lui était compté. Pendant un moment, nous restâmes tous les deux silencieux, si on omettait ses reniflements. Je raccordai sa version aux explications du père de ma meilleure amie, titulaire du contrat.

— Lorsque ton père nous a présentés, le piège s'est refermé sur moi et j'ai su que mon chemin croiserait rapidement celui de Kenan. Si je le laissais concevoir le dernier cavalier avec toi, alors j'aurais vécu éternellement en sachant mon bébé sous le joug des démons. D'un autre côté, je... je ne pouvais pas te faire ça. Mais quand je vous ai vus, lui et toi, j'ai paniqué. J'aurais dû le tuer, venger Malia, une bonne fois pour toutes, pas me contenter de le balancer à la mer. Et j'aurais dû te protéger de moi. Te parler de mes problèmes, te demander de l'aide… mais j'ai agi sous le coup de mes instincts, de ce qu'il était nécessaire de faire pour sauver ma fille. Pendant des mois, tous les scénarios possibles se sont succédé dans ma tête, mais aucun ne s'est déroulé comme prévu. Je suis vraiment désolé, Debbie.

Ses excuses vibraient de sincérité, mais j'entendais également de la détermination dans sa voix.

— Si je résume, la naissance du cavalier provoquera ta mort. Et, à ce moment-là, il faut que ton âme soit ternie par tes actes. Donc, on peut d'ores et déjà se débarrasser de Kenan, par sécurité.

— On ?

— Je vais te donner un coup de main. Inutile de regarder Nathanaël, ma décision est prise. Cet homme n'a rien d'un fils d'ange, son emprise sur nous doit cesser. Il a déjà pris trop de vies. Je suis prête à devenir ta complice, au moins pour assurer mon avenir, car je ne crois pas qu'il en restera là. Il est prêt à tout. Je ne tiens pas à subir le même destin que Malia.

La Grande Faucheuse avait joué les juges. Il ne restait plus qu'à devenir sa main exécutrice.

— D'accord, approuva Alex avec prudence. Le problème, c'est son archange gardien. En dehors de l'Éden, c'est impossible de l'approcher.

— Tu as déjà essayé de planter cette lame dans sa poitrine ? interrogea Nathanaël comme s'il lui demandait le sel.

— Euh… non… On parle d'un archange, là !

— Tu veux la salir, ton âme, ou pas ?

— Oui, mais... ça ne te pose pas de problèmes d'envisager de supprimer ta supérieure ?

— Il faudrait la lui planter dans le cœur et, en toute franchise, je doute que tu en sois capable. Mais une blessure profonde pourrait l'envoyer au paradis assez longtemps pour te laisser le champ libre.

— Ou on pourrait attirer Kenan sur l'Éden ? proposai-je. Sans vouloir te vexer, mon amour, si elle t'a mis la fessée, elle va nous la coller avec une main dans le dos et les yeux bandés. Si on parvient à l'entailler, ce sera juste par miracle divin !

— Mmh. Tu me vexes, en effet, rétorqua-t-il sérieusement. Et tu as raison, même si je déteste les prémices de ce plan dans ton esprit. Vous pourriez également finir à sa merci, emprisonnés dans votre propre refuge.

— Alors qu'est-ce que tu proposes ?

— Ce que je sais faire de mieux, ma déesse. Je traque le nephilim et m'oppose à Marielle si elle manque de fair-play. Quelques fessées ne me font pas peur.

— J'en prends note, dis-je, mutine.

Mon archange esquissa un sourire en coin, avant de rendre la lame à son propriétaire temporaire.

— Mettons-nous au travail.

Chapitre quatorze

Nathanaël était un bourreau de travail. Les trois jours qui suivirent, je le vis peu. Il venait me faire un rapport sur ses avancées avant de repartir à la chasse. Son aura dégageait une énergie nouvelle, vibrante d'adrénaline. Je savais l'archange redoutable, mais je ne l'avais jamais observé dans son élément : la traque. Son regard transperçait les corps, à la recherche d'indices sur les âmes. Ses mouvements étaient plus fluides et rapides. Quand elles restaient visibles, de légers sursauts secouaient ses ailes, comme s'il se tenait prêt à les déployer pour fondre sur sa cible. Je me rendis compte à quel point son être avait été modelé pour cette tâche, pour pourchasser les ennemis du paradis et les créatures qui défiaient ses lois.

Quand il rentra ce soir-là, je portais un serre-tête avec des oreilles de lapin, histoire de le divertir dans sa chasse au nephilim. Son regard scintilla de plaisir, comme s'il appréciait que je taquine sa nature profonde. Cependant, son désir ne ternit pas son obstination dans la réalisation de la tâche que nous lui avions confiée. Entre deux baisers passionnés, il m'apprit que Kenan avait été aperçu à plusieurs reprises au siège d'une grande entreprise d'armement qui, sans surprise, appartenait à Cillian Leroy. Je l'écoutais d'une oreille distraite lorsqu'il m'expliqua tenir cette information d'un ancien de ses Traqueurs, puis qu'il avait vérifié la piste par lui-même jusqu'à remonter jusqu'au nephilim partageant la signature énergétique des miens. Nous fîmes une coupure pub érotique, puis reprîmes notre conversation comme si nous ne venions pas de profiter de l'absence d'Estelle. Enfin, Nathanaël redémarra la conversation. Moi, j'étais encore essoufflée.

— Marielle ne sort jamais de son sillage.

— Une vraie mère poule, commentai-je, essoufflée.

— Ils partagent une habitation.

— Je vais finir par croire Ruth quand il dit que les anges aiment s'installer chez leur protégé.

— Si je possédais toujours mes ailes, je te donnerais le double de mon logement avec plaisir.

Cette simple phrase me rappela qu'il avait été jeté du paradis, où il avait officié depuis sa création. On ne lui avait pas laissé l'opportunité d'en rapporter des effets personnels ou des souvenirs, même si Hariel lui avait discrètement remis ses armes.

— Tu en auras peut-être l'opportunité, si le Conseil t'accorde la Rédemption. Enfin, ce sera symbolique, parce que je suis incapable de supporter la luminosité, là-haut.

— Alors, il te faudra accéder à l'Ascension pour que tu puisses en profiter.

— L'Ascension ? Tu me vois vraiment avec des ailes ?

— Sans difficulté. Je les imagine de belle envergure et douces comme la soie, rêva-t-il en caressant l'aréole de mon sein du bout de l'index.

Un délicieux frisson me parcourut. Devenir un ange ne comptait pas dans mes possibles reconversions, l'idée ne m'avait jamais traversé l'esprit.

— Il faut vraiment faire vœu de chasteté ? Parce que je serai incapable de résister à la tentation de te reluquer en plein entraînement et d'essayer de faire *ça* dans les airs.

Quelle âme saine d'esprit pourrait s'en empêcher ? Pas la mienne !

— Comme en témoigne ton existence, non. Les anges sont autorisés à profiter des petits plaisirs de la vie, comme tu aimes appeler *ça*. Excepté avec des créatures infernales, s'ils veulent conserver leurs ailes. Donc, tu n'auras même pas besoin de te cacher derrière les colonnes du stade d'entraînement.

Je me perdis un instant dans mes pensées, à imaginer cette scène.

— Tu rêves à ce genre d'avenir pour nous ?

— Pourquoi pas ? Ce serait le plus confortable, mais faut-il encore obtenir ma réhabilitation et ta purification.

— À ce propos, tu t'es renseigné sur la rumeur concernant ta réintégration au paradis ?

— Évidemment.

Je m'en doutais. Et il ne me l'avait pas rapporté ? J'ignorais comment le prendre. Le regard onyx de Nathanaël entra dans mon champ de vision, puis il joua avec une de mes mèches de cheveux.

— Marielle en est la source, mais elle n'en est pas à l'origine. Soit, les archanges se rangent à mon avis quant au fait que ma déchéance est une manipulation de sa part et ils ne partagent pas tous ses convictions. Soit, il ne s'agissait que d'un avertissement, une mise en garde pour éviter une recrudescence d'anges vengeurs.

— Soit, le paradis se rend compte qu'ils ont besoin de leur chasseur.

— Ce n'est pas impossible.

— Que comptes-tu faire s'ils souhaitent te voir retrouver ta place dans les rangs ?

— Je ferai ce que tu désireras, ma déesse.

Comme si je n'avais pas assez de vies et de pression entre mes mains !

— D'accord, mais je te le demande à toi. Tu aimerais remonter ou pas ?

Il me considéra quelques instants, mes cheveux bruns toujours enroulés autour de son index.

— Tu poses vraiment la question à un archange ? Bien sûr que j'aspire à retrouver ma légion, mais chaque chose en son temps.

— Avoue que tu aimes m'appartenir ? le taquinai-je avec un sourire mutin.

— Je suis tien, oui, mais tu es mienne, parce que nous avons choisi d'être égoïstes et d'exiger davantage.

Instinctivement, je portai mon regard à mon poignet, où Kenan avait osé apposer sa marque sans mon consentement. Les doigts de Nathanaël s'enroulèrent autour, jusqu'à la dissimuler dans son intégralité. Il porta ma main à ses lèvres pour l'embrasser avec tendresse.

— J'ai hâte de la voir disparaître, murmurai-je en contenant la colère qui menaçait de ressurgir.

— Si tu m'autorisais à...

— Je sais. Je sais que tu le tuerais pour moi, mais tu tomberais en disgrâce pour de bon.

Nathanaël soupira.

— Soit.

Je sentais que ma décision provoquait un sentiment de frustration chez lui. Son besoin de me protéger rencontrait mon entêtement, et l'entente était fragile entre eux.

— Peut-être que je porterai la tienne, un jour, changeai-je de sujet en désignant la marque.

Mes joues rosirent face à cet élan de romantisme, si porter la marque d'un homme sur sa peau pouvait être qualifié de romantique.

— Un couple d'anges n'a pas besoin de se tatouer un symbole d'appartenance pour se rappeler leur union.

— Ah ?

Étais-je déçue ? Pas du tout — *complément*.

— Par contre, ils s'échangent une plume.

— Ah !

Quand on savait ce qu'il était advenu de sa plume, confiée après sa déchéance... J'avais été incapable de la protéger. Pire ! elle avait terminé en cendres.

— Tu serais prêt à prendre le risque de me confier à nouveau une de tes plumes ?

— Je suis joueur, répondit-il en ricanant.

— Ou complètement dingue !

— De toi, c'est une certitude.

— Pour cette fois, je t'accorde le dernier mot, roucoulai-je avant de plonger mes doigts dans sa chevelure pour l'attirer jusqu'à moi.

***

Installée dans la voiture d'Alex, juste devant l'immeuble de grand standing où logeait Kenan, ma détermination restait sans faille. En revanche, ma déesse était partie en vacances avec mon lutin de la confiance, farceur et poltron. Je soupçonnais la trouille d'Alex de couler jusqu'à mon âme et de gangréner mon esprit. Il semblait calme, mais sa jambe tressautait avec nervosité, cognant par intermittence contre le volant.

— Tu es prêt ? Ça va le faire, t'inquiète. Et si la situation nous échappe, Nathanaël interviendra.

— Il sera occupé à tenir tête à Marielle.

— Il s'est entraîné depuis la dernière fois. Je suis sûre qu'il a plusieurs cartes dans sa manche, mais qu'il n'a pas souhaité les partager avec nous, au cas où Marielle viendrait à lire dans nos pensées. Et, au pire, tu foutras les jetons au personnel de la morgue en te réveillant sur la table d'autopsie ! ricanai-je. J'imagine déjà la scène...

À force de vivre avec Estelle, son humour douteux commençait à déteindre sur le mien.

— Et toi, hein ? Tu n'as pas pactisé avec la Grande Faucheuse.

— Je suis la meilleure amie de sa fille et son fils adore jouer les super faucheurs avec moi, je suis sûre que le paternel ne pourra pas résister à mon charme.

J'exagérais peut-être, mais le grand patron des morts m'avait déjà soutenue par le passé. Puis, il avait besoin de moi pour réaliser ses plans tordus et préserver ses enfants. Alex afficha une moue dubitative, mais ne chercha pas à me dissuader de l'accompagner. Il me connaissait assez pour savoir que ce serait une perte de temps, et nous allions bientôt passer à l'acte.

— Au fait, quel est le signal ?

Au même moment, mon téléphone émit un tintement, indiquant la réception d'un message. Je le déverrouillai et posai mon regard sur l'unique mot envoyé par Nathanaël : « #TeamChocolatine ». *Quel scandale ! C'est un motif de licenciement, ça.*

— Les hostilités sont lancées.

J'entendis Alex prendre une longue inspiration avant de hocher la tête.

— Il est temps qu'il rejoigne l'Éden.

Malgré les horreurs commises par Kenan qui avaient conduit à la destruction de sa famille, je compris combien la vengeance coûtait à mon ami. L'âme d'Alex était pure, sans doute aurait-il accédé à l'Ascension après sa mort, une fois quelques péchés avoués et pardonnés. Cependant, les portes du paradis ne s'ouvriraient pas pour l'accueillir, ni celles de l'Éden, où sa femme l'attendrait éternellement. Je ressentis de la compassion pour lui.

— J'espère plutôt qu'il rôtira en enfer !

— Il serait capable de s'en tirer à bon compte, et avec une paire de cornes en bonus. Les nôtres, qu'il a malmenés pendant des siècles, seront moins tendres avec lui que les démons.

Sa théorie se tenait. Les nephilims allaient lui faire sa fête ! Et nous ouvririons le bal.

Pour donner l'impulsion à mon partenaire, je sortis de la voiture. Alex suivit le mouvement et contourna le véhicule pour se placer à mes côtés. L'espace d'un instant, je crus qu'il allait prendre ma main, mais il garda son bras le long du corps, ses doigts caressant la lame d'Azraël — du moins, je l'espérais, sinon, il ne portait pas son matériel du bon côté.

Nous marchâmes jusqu'à la résidence luxueuse de mon patron avant de nous heurter à un problème que Nathanaël devait faire disparaître d'un claquement de doigts.

— Comment on entre ? me devança Alex.

Bonne question !

Un toussotement dans notre dos nous fit faire volte-face d'un seul homme. Mon cœur rata un battement avant de retrouver un rythme normal lorsque je reconnus le sourire voyou de Ruth.

— On vous dépose ? proposa-t-il, accompagné de sa jumelle.

— On ne peut pas zigouiller Kenan, mais ça ne veut pas dire qu'on ne peut pas jouer un rôle dans cette histoire ! C'est un truc hérité de notre père, on adore les potins et les dramas.

— Je ne m'en serais pas douté, tiens.

Ma meilleure amie était toujours au courant de tous les ragots de la société, sans porter la couronne de reine des commérages pour autant. Il s'agissait peut-être d'une simple excuse pour permettre à Ruth de donner un coup de main à Alex et alléger sa culpabilité.

— On ne voudrait pas vous priver de votre dose de *drama*, dis-je en me dirigeant vers Estelle.

— Allez, viens par ici, princesse.

— Tu ne vas pas me faire la mauvaise plaisanterie de me lâcher en plein vol, hein ?

— Meuh non ! Ce n'est pas mon genre.

La lueur dans son regard la contredisait. Si je ne l'avais devancée, elle aurait certainement fait mine de me laisser tomber dans les airs.

Je me plantai devant Estelle, me balançant d'un pied à l'autre, sans savoir quelle position adopter pour le portage.

La faucheuse réfléchit également à la question, puisqu'elle m'étudia de haut en bas, puis de la hanche gauche à la droite.

— Prenez votre temps, les filles. Sinon, je te porte aussi, Debbie.

L'impatience de Ruth nous contamina. Estelle révéla alors une paire de membranes identiques aux ailes de son jumeau, tannées comme du cuir. Aucune griffure ou déchirure ne marquait sa peau, elles paraissaient douces et agréables au toucher. Ces ailes différaient de la forme angélique, duveteuse et plumeuse, elles ressemblaient plutôt à celles des représentations de Lucifer, terrassé par Saint Michel. D'un noir d'ébène, elles magnifiaient Estelle et allongeaient sa silhouette.

Quelques mois plus tôt, je n'aurais jamais imaginé contempler ma meilleure amie de cette manière. *Moi aussi, je veux des ailes !*

En attendant, j'étais tributaire de la bonté des êtres dotés de cet attribut. Estelle se plaça dans mon dos, m'agrippa sous les aisselles puis me souleva d'un battement d'ailes fluide.

— Ça va ? Je ne suis pas trop lourde ?

— Tu es légère comme une poupée gonflable.

— Tu as le sens du compliment, pouffai-je.

— Toujours ! Où je te dépose, poulette ?

— Dernier étage, je vous prie, annonçai-je avec manière.

Je souffris quelques secondes de la position inconfortable dans laquelle je me trouvais, puis touchai à nouveau terre. Estelle me déposa sur l'immense terrasse du penthouse appartenant à Kenan. Marielle ne devait avoir aucun mal à se poser sur cette piste d'atterrissage ! En parlant de l'archange, mieux valait ne pas s'éterniser à découvert. Nous nous retrouvâmes devant les baies vitrées, fermées de l'intérieur. Les mains d'Alex glissèrent sur le verre, laissant des traces qui trahissaient son anxiété. *Rah !* Nous faisions un beau duo de bras cassés.

— Vous êtes trop mignons, se marra Ruth.

— Personnellement, je suis inquiète de savoir que vous menez cette mission sans protection angélique. On va vous ouvrir.

Estelle joignit le geste à la parole. Une dague à la lame fine et violette se matérialisa dans sa main gauche, puis s'enfonça dans la vitre comme s'il s'agissait de beurre.

— C'est le passe-partout du faucheur, la carte VIP qui ouvre toutes les portes, commenta le faucheur alors que sa sœur découpait un passage dans la baie vitrée. Sauf celles du paradis et de l'enfer, bien sûr.

— L'inverse m'aurait étonné, grommela Alex.

Dieu, en maître du jeu de notre univers, ne nous facilitait pas la tâche, contrairement à mes amis faucheurs.

— Bonne chance, nous souffla ma collègue. Je ne devrais pas vous le dire, mais... votre plan va fonctionner. Tu vas assurer, Alex. Les derniers grains de sable tombent dans son sablier.

Son regard se porta au-delà de la fenêtre, sur la partie droite du salon qui se refermait tel un entonnoir et menait à d'autres pièces. Grâce à elle, nous savions maintenant où se trouvait Kenan. *Parfait !*

Sans lâcher notre destination du regard, je m'invitai dans l'appartement du nephilim. Inutile de s'arrêter sur ses goûts de luxe en matière d'art, nous n'étions pas au musée, même si je devais admettre que Kenan ferait un excellent décorateur d'intérieur. Sur la pointe des pieds, je suivis mon binôme jusqu'aux chambres, d'après le mobilier derrière la première porte que nous poussâmes. La seconde pièce était vide, ainsi que la gigantesque salle de bains. Finalement, nous débusquâmes notre cible lorsqu'il décrocha le téléphone et parla en anglais à son interlocuteur. Il ne restait plus qu'à enclencher la poignée et Alex pourrait ternir son âme.

— Pense à ta fille, l'encourageai-je alors qu'il observait la porte, figé comme une statue. Pense à Malia.

Je lui saisis la main et me rendis compte que mes doigts tremblaient. Mon envie de vengeance vibrait toujours dans ma poitrine, mais ce que nous nous apprêtions à faire n'était pas anodin. Alex allait damner son âme, et la mienne serait éclaboussée de cette souillure. C'était plus facile lorsqu'il s'agissait d'un démon, plus naturel pour notre côté angélique. Mais Alex n'avait pas le choix...

Il en tira la même conclusion, car un éclat de volonté brilla dans son regard. Ses doigts serrèrent le manche de la lame d'Azraël tandis que la mienne ouvrit la porte.

Je pénétrai dans la chambre du nephilim, surpris de me trouver dans son antre. Son interlocuteur l'apostropha plusieurs fois alors qu'il restait silencieux, à me dévisager. Il paraissait interloqué et curieux.

— Kenan, roucoulai-je en avançant vers lui. Nous n'avons pas terminé ce que nous avons commencé sur l'Éden.

Sa nature concupiscente ne résista pas à la tentation lorsque j'usai de mon nouveau pouvoir de séduction. *L'arroseur arrosé*, sans jeu de mots pervers. En revanche, son regard trahissait toutes les pensées salaces qui traversaient son esprit. Je n'étais pas assez stupide pour le croire naïf au point de tomber sous le charme, mais nous devions profiter des quelques secondes pendant lesquelles il baissait sa garde. Mon partenaire de crime tira avantage de son moment de flottement pour le prendre par surprise. Il évita soigneusement de poser son regard sur moi et fondit sur sa proie, qui battit des paupières au moment où Alex lui fit face. Je m'attendais à voir la suite défiler au ralenti, mais tout se déroula très vite.

La rage déforma le visage de Kenan lorsqu'il comprit notre subterfuge. Il se jeta sur son adversaire, et je découvris les capacités d'Alex dans ce combat au corps à corps. Le plus jeune tint tête à son ennemi, qui n'avait pas l'avantage de posséder une arme redoutable. Je craignis que la lame d'Azraël ne termine entre ses mains, mais Alex ne lui en laissa pas l'opportunité. Il vacilla à peine quand sa pommette éclata sous le poing de Kenan. Il était déterminé, tel un ange vengeur.

Il parvint à son but. Alex enfonça la lame d'Azraël dans la poitrine de son rival. Un frisson glacé remonta le long de mon échine, et je perçus la présence de Ruth dans mon dos. Un gargarisme s'échappa des lèvres du nephilim, puis il s'écroula, raide mort. Le sang ne s'écoula pas de sa blessure, comme si l'arme de la Grande Faucheuse n'avait touché que son âme, ce qui était probablement le cas.

La vision macabre fut dissimulée derrière Ruth, penché au-dessus du cadavre. Je ne parvins pas à distinguer ce qu'il traficota, mais il ne lui fallut pas plus de deux secondes pour remplir sa part dans l'équilibre de la Vie. En revanche, le plaisir qu'il tira de la manœuvre ne m'échappa pas. Le faucheur inspira profondément, un sourire aux lèvres. D'après ma déesse intérieure, experte en signaux érotiques, mieux valait ranger mon costume de sexy nephilim.

— C'est terminé, nous apprit-il.

Un silence suivit son annonce et un ange passa.

— C'est tout ? m'étonnai-je. Ce n'est pas trop… facile ?

Mes instincts me soufflaient qu'un danger rôdait, mais les deux hommes étaient détendus.

— C'est vrai qu'on pourrait sabrer le champagne, personne n'avait réussi cet exploit avant vous, et ils ont été nombreux. Alex, tu peux remercier son archange de compagnie, il a fait du bon boulot en éloignant Marielle.

Bizarrement, mon cœur n'était pas la fête. Alex, lui, affichait une mine indescriptible.

— Hey ! Tu vas bien, Alex ? m'inquiétai-je.

Il cessa de contempler la scène de crime pour se noyer dans mon regard.

— Je suis damné, vous croyez ?

— En général, tuer un ange, même un demi, c'est rarement bon pour son matricule dans la balance du jugement, répondit Ruth.

Le faucheur tapota l'épaule du nephilim avant de tourner les talons et de nous inviter à le suivre, car Estelle attendait sur la terrasse. Nous n'eûmes pas le temps de l'entendre hurler, une lumière blanche s'épanouit sur les murs et nous éblouit comme un phare. Je fermai les yeux et me protégeai à l'aide de mes bras. Le silence assourdissant me désorienta. Chaque parcelle de mon anatomie fut frappée par cette lueur. J'eus l'impression que mon âme fut expulsée de mon corps. Mes doigts s'enfoncèrent dans ma chair pour la retenir, mais je ne ressentis aucune douleur. Rien.

Puis, les ténèbres m'engloutirent. Le néant m'enveloppa. Un bruit semblable à un gong résonna au loin.

J'étais morte. Pourtant, Estelle m'avait assuré que tout irait bien. La Grande Faucheuse, surprise par ce *timing*, sortirait peut-être de sa douche en catastrophe pour venir me chercher ? *Quoi ? C'est une dernière volonté digne d'une nephilim, non ?*

Chapitre quinze

Mes dernières volontés ne furent pas à la hauteur de mes espérances, car la Grande Faucheuse ne m'attendait pas de l'autre côté, sa serviette, nouée avec négligence, tenue à une main. À sa place, Marielle se chargea du comité d'accueil, son postérieur, coincé dans une robe à fleurs de mauvais goût, posé sur une table. Elle réajusta ses lunettes rondes sur son nez et continua de touiller son thé, au jasmin, d'après le parfum embaumant la pièce.

Malgré la déferlante de peur dans mes veines, je parvins à garder mon calme et à bouger mes bras dans une vaine tentative de me libérer. Je compris que mes mains étaient liées à une chaise, ainsi que mes chevilles, et que je devais ma discrétion à la lanière de tissus entre mes lèvres. Un reniflement peu ragoûtant me fit relever les yeux vers Marielle. Du bout de l'index, elle récolta une grosse larme sur sa joue.

Marielle inspira profondément, releva la tête avant de la secouer. Elle semblait bouleversée, mais je ne ressentis aucune once de compassion pour cet archange aux mœurs douteuses, proches des démons. Du bout des lèvres, elle avala une gorgée de sa boisson chaude, puis la posa sur le bureau. À présent, mieux réveillée, je me rendis compte que je n'avais pas quitté le penthouse de Kenan. Son portrait, derrière l'imposant meuble en bois rouge, me toisait avec condescendance. Je risquai un regard vers la scène de crime, mais le corps du nephilim avait disparu. Toutes mes pensées se tournèrent vers Nathanaël. Où était mon archange ?

— As-tu la moindre idée, Debbie, de la grandeur de ma déception et la profondeur de ma blessure ?

Son timbre tranchant comme des lames de rasoir et glacé comme un macchiato oublié me hérissa les poils jusqu'aux cheveux. Dans l'incapacité de répondre, je haussai les épaules. Un geste que je regrettai aussitôt, car il déclencha un orage violent dans son regard braqué sur moi. Les minuscules talons de ses chaussures mauves claquèrent sur le parquet lorsqu'elle combla l'espace nous séparant.

— Insolente !

Sa gifle manqua de me dévisser la tête. Sous le choc, elle pendit mollement sur la droite. La douleur cuisante me fit serrer les dents et grogner. Marielle l'interpréta comme une provocation et sa main s'abattit sur l'autre joue. *Pas de jalouse !*

— Tu te rends compte de ce que vous avez fait ?

Réduite au silence, je me contentai de regarder son pendentif craquelé en forme de macaroni. Elle le remarqua, car elle saisit le bijou dans sa paume avant de tirer sur la chaîne pour le porter à son visage.

— Le premier cadeau qu'il m'a offert.

Elle se tourna vers le tableau de son protégé et laissa tomber son masque le temps d'un battement d'ailes. Marielle soupira bruyamment avant de reporter son attention sur moi.

— Tu aurais mieux fait de t'unir à Kenan plutôt que de te lier à ce poltron d'Alexandriel. Vous m'auriez offert un petit-enfant digne de moi !

Attendez ! Pause ! Que vient-elle de dire ?

— Tu vas en subir les conséquences, Debbie. Il y a toujours des conséquences à ses actes.

Je n'aimais pas du tout le ton sur lequel elle s'exprimait. Il sonnait telle une musique inquiétante, avec quelques notes de folie. Elle se déplaça jusque dans mon dos, puis j'entendis seulement ses talons claquer sur le parquet. Je tentai de me contorsionner pour apercevoir ce qu'elle trafiquait, mais les menottes recouvertes de ruban adhésif et la corde d'alpiniste rouge entravaient mes gestes. Un bruit de roulement m'irrita les oreilles. Mon mauvais pressentiment se précisa avant de s'imposer sous mes yeux : Nathanaël se trouvait dans une position similaire à la mienne, à la différence des liens, faits de chaînes argentées. Aux rougeurs sur ses poignets, je devinais que leur contact était très désagréable. Il respirait profondément, sans bouger d'un iota. Son regard sans fond nous épiait toutes les deux, d'une manière intense et insondable. Ses poings serrés au point de blanchir ses articulations trahissaient sa tension. Il me fit penser à un serpent, prêt à bondir sur sa proie sans prévenir. D'un côté, je ressentis du soulagement de le savoir à mes côtés. De l'autre, je redoutai le sort que nous réservait l'autre folle. Sans compter que Ruth et Alex manquaient à l'appel.

— Il est l'heure de rappeler au Traqueur du paradis où est sa place.

L'intéressé ne démontra aucun signe de peur. La stoïcité de Nathanaël fit presque poindre un sentiment d'insécurité dans ma poitrine. S'il ne tremblait pas pour son éternité, je le fis et me débattis avec mes menottes en protestant.

— Silence ! m'intima Marielle en me giflant à nouveau. Toi aussi, tu apprendras où est la tienne, patience.

Elle avait débité ses conneries sur un ton maternel, mais cruel. Cet archange était vraiment un enfer ! Lucifer devrait la recruter dans ses équipes.

Impuissante, je l'observai poser sa paume contre le front de Nathanaël, qui la fixait de manière dérangeante, comme un prédateur en jaugeant un autre. Une lumière vive s'échappa de sa main et se diffusa sous le crâne du déchu avec une telle puissance que le surplus d'énergie forma une sorte d'auréole au-dessus de sa tête. *Oh mon Dieu !* Qu'était-elle en train de lui faire ? Mon archange n'exprima aucune douleur, mais je vis ses membres se tendre et tirer sur les chaînes. Au travers de son tee-shirt, ses muscles saillirent, bandés par l'effort. Quand Marielle relâcha le sien, leur respiration profonde résonna dans le bureau.

— Repends-toi, Nathanaël. À moins que tu ne préfères que je t'envoie en enfer ? Mh ?

Quelle garce ! Si j'étais libre de mes mouvements, mes mains auraient griffé son sourire suffisant jusqu'à le faire disparaître. Mon cœur battit plus fort lorsque je compris le plan de Marielle. Elle allait me séparer de Nathanaël, le renvoyer au paradis, sans que je puisse m'interposer, cette fois. J'avais ordonné au déchu de ne pas remonter au paradis, s'il obéissait et résistait...

Nath, je ne sais pas si tu m'entends, mais je reviens sur mon ordre ! S'il le faut, remonte au paradis. Tu auras l'opportunité de l'envoyer brouter les fleurs. D'accord ? On... on trouvera une solution pour nous, OK ? Et je suis sûre que tu es trop sexy avec des ailes toutes blanches.

Je parlais trop. Mon esprit divaguait sous l'angoisse, cherchant à se réfugier dans un monde qu'il contrôlait, ou presque. Le Traqueur ne me donna aucun indice sur la réception de mon message, Marielle ne lui en laissa pas le temps. Elle le bombarda de son énergie soi-disant bienfaitrice. La puissance redoubla, car des sillons blanchâtres se dessinèrent sur les avant-bras de Nathanaël, qui ne bronchait toujours pas. Notre bourreau tourna son visage dans ma direction, pour contempler ma détresse.

— Dans quelques instants, tu vas sentir le vide laissé par la rupture de l'asservissement de Nathanaël, réintégré dans son unité grâce à moi.

L'archange ne mentait pas. D'un coup, j'eus l'impression que ma poitrine s'ouvrait en deux et qu'une multitude de papillons s'envolaient. Ils emportèrent un poids hors de mon cœur, une ancre qui s'était profondément plantée dans mon âme.

— Voilà. C'est fait, se sentit-elle obligée de nous rappeler.

Sous la pression, ma mâchoire craqua. Je contins mon envie de hurler et ravalai mes larmes. Je ne souhaitais pas lui accorder davantage de satisfaction, elle n'attendait que ça : me faire souffrir. Marielle était à la tête du Conseil, elle devait avoir tout manigancé, jusqu'à la réhabilitation de mon archange. La colère me gagna à nouveau, dangereuse et brutale. Une manière très destructrice d'avaler la pilule empoissée du paradis.

— Maintenant, c'est à ton tour de connaître ton châtiment.

Ma colère se noya dans la peur, car l'archange m'intimidait assez pour occulter l'ascension de Nathanaël, tombé dans les vapes. J'ignorais ce qu'elle comptait me faire, mais elle répondit rapidement à ma question silencieuse.

— Je vais purifier ton âme.

Encore une fois, sa voix et son attitude ne reflétaient aucune once de bonté. De mon point de vue, celle qui aurait besoin d'être purifiée, c'était elle ! Depuis qu'elle avait succédé à mon ancien directeur, ses agissements et décisions étaient très discutables.

J'eus un mouvement de recul lorsqu'elle s'approcha, mais les liens m'empêchèrent de me dérober. Le contact de sa main fut désagréable, comme si des araignées grouillaient sous ma peau. Puis, elle me purifia, ou plutôt, me foudroya. Une vive énergie me traversa de part en part. Elle pulvérisa toutes mes pensées, ne laissant de la place qu'à la douleur à l'état pur. Quand elle me libéra, mes oreilles bourdonnaient, ma tête tournait et ma respiration était saccadée. Je ne m'étais pas préparée à ça ! Combien de temps m'avait-elle torturée ? Pas assez à son goût, car la souffrance recommença, plus forte encore. La lumière angélique me brûlait la peau et l'âme. Je hurlai et me débattis à m'en briser les os, un réflexe de survie incontrôlable.

— Le pardon est un chemin long et fastidieux, mais nécessaire.

Qui essayait-elle de convaincre, au juste ? Elle souhaitait me faire payer la mort de son fils — les gardiens tueraient pour ce scoop ! — et elle utilisait ses prétendus pouvoirs d'ange sauveur pour le faire. *Tu ne trompes personne !* Avec toute mon insolence, je la fusillai du regard avant que mon champ de vision ne soit plus qu'une constellation d'étoiles explosant en mille morceaux. *Seigneur, aidez-moi !*

Elle recommença, encore et encore, guérissant mes blessures avant de décharger sa colère sur moi. Je perdis toute trace de dignité, affalée sur mon fauteuil en cuir. J'avais mal partout, jusque dans les cheveux. Mes prières, envoyées à mon père, n'avaient ni queue ni tête.

— Je peux savoir ce qui te fait rire ? demanda Marielle.

Ah ! Je m'entendais ricaner maintenant qu'elle le disait. Le bâillon ne me permit pas de me faire comprendre, alors elle me l'enleva et ma langue sortit de mes lèvres comme un diable de sa boîte. *Très classe.*

— La purification ne fonctionne pas, dis-je d'une voix brisée. Je viens de menacer Dieu de m'inviter à ses brunchs du dimanche et de fourrer de la coriandre dans tous les plats.

Avec de la chance, il allait m'envoyer en enfer. Une alternative plus séduisante que ma condition actuelle, qui ne s'arrangea pas après mon aveu. Marielle me renvoya dans un monde de douleur et m'y noya. Elle garda ma tête si longtemps sous l'eau que je crus mourir encore une fois, mais mes yeux s'ouvrirent sur ma nouvelle réalité. Soit elle ne voulait pas contrarier la Grande Faucheuse, soit elle s'amusait à faire durer le déplaisir.

Entre deux nausées, je remarquai l'éveil de Nathanaël et, surtout, ses magnifiques yeux bleu-vert qui me scrutaient. Habituée à la noirceur de ses iris, je fus subjuguée par toutes les émotions reflétées dans les fenêtres de son âme. Entre toutes, je choisis de puiser dans sa hardiesse.

Mon calvaire dura des heures. J'endurai le mieux possible, en me répétant que nous parviendrions à exploiter une faille. Mes tentatives désespérées de creuser une brèche pour atteindre et affaiblir Marielle furent toutes vaines. Néanmoins, je ne renonçai pas. Imaginer ma prochaine réplique distrayait mon esprit et me permettait de tenir :

— Je comprends pourquoi Kenan était complètement fêlé du bocal. C'était héréditaire ! C'est un truc familial de séquestrer les nephilims ?

Un éclair de douleur traversa les yeux de Marielle, mais elle s'en nourrit afin de poursuivre son rituel de purification.

— Il joue son rôle, sa destinée.

— Il a joué, tu veux dire, la corrigeai-je. À ton avis, son âme est en enfer ou au purgatoire ?

— Au purgatoire ? répéta-t-elle, perplexe.

— La Grande Faucheuse cultivait une véritable fascination pour Kenan.

Marielle ouvrit sa main, et je me préparai à l'impact de sa paume sur ma joue, mais il ne vint jamais. La confusion brisait les traits parfaits de son visage. C'était le moment de gratter davantage :

— Han ! Et s'il avait une collection d'âmes ? C'est Ruth qui va être content, il a un faible pour les nephilims.

Mon bourreau fronça les sourcils. Sa langue passa sur ses dents, comme si toutes mes salades la gênaient. Ses lèvres crachèrent des mots en énochien qui m'échappèrent, puis elle nous cloua sur place sans nous accorder un regard ou une menace. La porte claqua, signe de son irritation.

Pendant d'interminables minutes, nous restâmes silencieux et immobiles. Nous nous faisions petits et nous nous tenions prêts à la riposte de l'archange. Au bout d'un moment, nous en conclûmes que la voie était libre pour l'instant.

— Il faut qu'on sorte d'ici ! balançai-je à Nathanaël.

Il pencha la tête sur le côté et son haussement de sourcil sembla répondre : sans blague. C'était étrange de découvrir toutes ses nuances et son intensité. Il n'en demeurait pas moins dangereux et sauvage. Ses pupilles se posaient partout, comme s'il analysait chaque élément de son environnement, même la plus infime particule de poussière. Le seul moment où son regard se fixa, ce fut quand il se planta dans le mien. Cet échange visuel m'insuffla un sentiment de confiance et d'assurance.

Nathanaël hocha la tête, puis la baissa. Il leva et abaissa les doigts dépassant des chaînes. Il refit ce mouvement plusieurs fois avant de capter mon attention. Son message manquait de précision.

— Tu veux que j'essaie de me libérer ? chuchotai-je.

Il répondit par la négative, en dodelinant de la tête. J'imitai alors son geste afin de m'en imprégner et de mieux l'interpréter.

— Doucement ?

C'était ce qu'il m'évoquait. Nathanaël agita les doigts. Je chauffais.

— Doucement, calme-toi...

Étais-je si agitée que ça ? Mes jambes bougeaient nerveusement, et mon cerveau tournait à plein régime pour trouver une issue. En même temps, qui ne le serait pas après cette petite séance de torture angélique ? Oh ! Je l'empêchais de réfléchir, peut-être.

— Doucement, calme-toi, répétai-je. OK. Qu'est-ce qu'on fait ?

Encore ce foutu mouvement de doigts !

— Pourquoi ? On attend quoi ? m'énervai-je.

Nathanaël me désigna le plafond en levant le nez vers le ciel.

— Hariel ! devinai-je.

L'archange m'adressa un clin d'œil complice. L'équipe de secours était en route. Malgré les chaînes qui le privaient de ses facultés, il avait trouvé le moyen de prévenir son meilleur ami et bras droit. Le soulagement me gagna. Je soufflai et me dégonflai, m'écroulant sur le fauteuil.

— Bientôt ?

L'espoir m'avait fait perdre la notion du temps et de la réalité. Je manquai de me briser la colonne lorsque la porte s'ouvrit avec fracas. Les liens m'avaient empêchée de faire un bond en arrière, mais mon estomac menaçait de vomir mon cœur en découvrant la masse que Marielle traînait au sol.

— Alex ! Alex !

Sans surprise, Marielle me gifla et fit danser les étoiles.

— Silence !

— Va en enfer, crachai-je. Et profites-en pour faire une virée shopping chez Prada avec le Diable ! Le rouge ne te va pas du tout au teint !

Ses bras et sa robe étaient peinturlurés du sang d'Alex. Je le reconnaissais à peine avec son visage tuméfié, sa peau brûlée par endroit et les ecchymoses qui fleurissaient sur sa peau. Heureusement qu'il ne pouvait pas mourir ! Quoique ce serait peut-être une délivrance pour lui.

— Maintenant que nous sommes tous réunis, nous allons pouvoir discuter de vos relations avec l'ange de la Mort. À moins que tu daignes te montrer, Azraël ! s'écria-t-elle en tournant sur elle-même.

— On dirait que son agenda est bouclé pour la journée.

— On dirait, oui. Nous allons le motiver un peu, dans ce cas.

D'une main ferme, elle tira sur les cheveux d'Alex pour le contraindre à se tenir à genoux, puis une lame glissa dans sa main et...

— Non !

Le poignard se logea dans la poitrine du nephilim, qui régurgita du sang avant de s'écrouler, le regard vide.

— Eh bien, Azraël, tu es en retard, ricana Marielle.

Une pique qui devait atteindre la Mort en temps normal, mais le destin d'Alex avait été scellé des décennies plus tôt. Et comme pour la contrarier, il inspira soudain profondément en se redressant tel un zombie, la main sur le cœur.

— Quelle est cette diablerie ? s'écria-t-elle. Tu as pactisé avec la pire des espèces pour échapper à la Grande Faucheuse.

J'eus mal pour Alex lorsqu'elle le releva sans peine avant de le clouer sur le bureau. L'archange réajusta ses lunettes sur son nez, puis le scruta jusqu'à l'âme. Le nephilim ne se débattit même pas, il devait être à bout de force. *Tiens bon, Alex !*

— À moins que... tu sois son pantin du moment.

Elle avait deviné l'entourloupe beaucoup trop facilement.

— Voyons voir...

J'écarquillai les yeux face à la barbarie de l'archange, qui embrocha à nouveau sa victime. Alex revenait à peine du royaume des morts qu'elle l'y renvoya aussitôt. Encore. Et encore. Il paraissait de plus en plus désorienté, hagard.

— Stop ! hurlai-je au bout de la cinquième fois. C'est ridicule, tu vois bien qu'Azraël a autre chose à faire qu'accorder son attention à une foldingue dans ton genre !

— Tu as raison, ça a assez duré.

Parfois, il vaudrait mieux que je garde la bouche close, mais comment aurais-je deviné le geste rageur de notre geôlier ? Sans une once d'hésitation, elle lui trancha la gorge. Avec effroi, je compris son but : lui arracher la tête !

— Non non non ! Arrête ! Ne fais pas ça, ne fais pas ça.

Pour ma propre santé mentale, je fermai les yeux afin d'échapper à la vision cauchemardesque. Mon estomac rendit de la bile, et mon esprit s'embourba dans les affres de l'horreur. J'étais incapable de réfléchir à autre chose : Marielle allait décapiter Alex. Ce n'était pas un poulet, merde ! Il ne continuerait pas à courir sans, si ?

Un bruit sourd me tira de mes réflexions absurdes. J'ouvris les yeux et découvrir des anges en tenue similaire à celles portées par Nathanaël. En deux temps, trois mouvements, Marielle se retrouva sous la maîtrise des soldats. Le visage familier de Hariel s'imposa dans mon champ de vision, puis je me retrouvai le nez contre son torse lorsque mon corps fut subitement délivré de la corde. L'ange m'aida à tenir sur mes jambes cotonneuses, alors que Nathanaël faisait déjà un pas assuré vers leur prisonnière, maintenue par un homme et une femme. Une troisième s'occupait de soigner la blessure de ce pauvre Alex, contraint de revenir à la vie par tous les moyens. La plaie béante se referma et le soulagement me gagna, jusqu'à ce que Marielle prenne la parole :

— Nathanaël, je t'ordonne de me relâcher ou tu répondras de tes actes devant moi.

— Tu veux dire devant le Conseil.

— Je SUIS le Conseil, espèce de sot.

— Et je te rappelle, Marielle, que tu n'es pas Dieu. Ta place dans la hiérarchie ne te donne pas le droit d'outrepasser *ses* règles. Tu as réintégré un déchu sans l'accord des archanges et torturé deux nephilims, le dernier couple reproducteur.

— Ils ont tué mon fils, hurla-t-elle en postillonnant partout.

Je plaignais sincèrement les deux anges qui la tenaient et grimaçais pour eux tandis qu'ils restaient de marbre.

— Ta progéniture méritait le sort que les Traqueurs réservent aux incubes trop gourmands, mais ma maîtresse m'a empêché de m'occuper de son cas. En revanche, je ne vais pas me gêner pour régler le tien.

— Que vas-tu faire, archange ? Le Conseil me mange dans la main. Si tu oses me dénoncer, je te promets que ta pute à déchus finira dans le harem personnel de...

Je ne la laissai pas terminer. Ses paroles ravivèrent le feu de ma colère. Pour l'humilier — et lui faire fermer son clapet —, j'utilisai ses méthodes de management : une gifle en aller-retour. Les hommes de Nathanaël ne dirent rien, mais je vis clairement de la surprise chez ceux qui maîtrisaient Marielle. La prisonnière, elle, resta sans voix, sous le choc.

— Je veux bien avoir des péchés à confesser, mais il y a des limites.

Pendant mon intervention, je ne vis pas Nathanaël changer de place. Aussi, je sursautai en le découvrant sur ma gauche. Il surplombait Marielle de toute sa hauteur, mais la femme à la tête du Conseil restait toujours aussi imposante, malgré sa position.

— Tu me connais, Marielle, tu as joué les juges lors de mon procès, appliqué la sentence sans t'émouvoir et comploté dans mon dos. Tu sais qu'on ne blesse pas ceux que j'aime sans représailles. Tu as osé toucher l'âme de ma compagne, te nourrir de ses souffrances. Tu parles d'un archange...

Il rit jaune.

— Je vais être clément avec toi, Marielle.

Le sourire qu'il lui décrocha contrastait avec ses paroles rassurantes. La céleste tressaillit et, pour la première fois, blêmit de peur. Elle avait deviné bien avant moi ce qu'il comptait lui faire, et Nathanaël fut très rapide pour exécuter son idée.

Je ne vis qu'un éclair blanc, puis la mine de Marielle se figer.

— Nathanaël ! hurlai-je en saisissant son poignet.

Un voile tomba instantanément sur ses iris et sa beauté se fana, devenant terne, comme si on venait de couper l'interrupteur de sa lumière intérieure. Elle se transforma en coquille vide, qui tomba mollement entre les mains des deux Traqueurs.

— Qu'est-ce que… qu'est-ce tu as fait ?

Hariel affichait une mine choquée. Les trois autres anges échangeaient des regards et donnaient l'impression d'être incapable de réagir de leur propre chef. D'un geste ferme, Nathanaël ôta la lame logée dans la poitrine de Marielle, en plein cœur. Je la reconnus aussitôt. La lame d'Azraël.

— Qu'est-ce que tu as fait ? répétai-je plus fort.

— Ce qui devait être fait, à mes yeux.

— Tu as tué un archange !

— Je sais, affirma-t-il avec calme et patience. Hariel, mets Debbie et Alexandriel en sûreté. Je vais me rendre au Conseil et m'entretenir avec mes supérieurs.

La mâchoire décrochée, je le regardai remettre la dague à sa place, dissimulée sous les vêtements du nephilim. Je refermai à peine la bouche lorsqu'il y déposa un baiser. Sa main caressa ma joue, puis il se pencha à mon oreille :

— Opte pour un endroit dégagé, au cas où l'atterrissage serait forcé.

— Nath, attends !

— Habituellement, j'ai l'éternité, mais les archanges ne sont pas réputés pour leur patience. N'aie crainte, je trouverai toujours mon chemin jusqu'à toi.

Escorté par ses anges, qui emportaient le corps sans vie de Marielle, il révéla deux magnifiques paires d'ailes blanches avant de quitter la pièce.

— Allez, viens, m'intima Hariel avec douceur.

Alex chargé sur une épaule, il me proposa son bras libre afin que je m'agrippe à lui. Mon esprit était tellement choqué que même ma déesse intérieure n'eut pas le courage de le taquiner sur la friction de nos corps. Je posai mon front contre Hariel et fermai les yeux pour retenir les larmes qui montaient.

Et si le paradis expédiait Nathanaël directement en enfer ?

Chapitre seize

— Je te le répète, Debbie, les anges ne tombent pas en enfer sans passer par la case « déchu ».

D'un geste de la main impatient, je chassai les paroles de Hariel. Mes pieds tapaient sur les lattes de la terrasse en bois depuis des heures. Par sécurité, j'avais convaincu le propriétaire du chalet dans lequel Nathanaël et moi avions fait notre première rencontre de nous louer l'habitation. De l'espace, il n'en manquait pas ! Le Traqueur pouvait s'étaler de toute son envergure devant la terrasse. Le chalet comptait assez de chambres pour nos amis, tous présents. Les jumeaux, son second et Liliah, au chevet d'Alex. Un vrai comité d'accueil. Le problème ? Nous étions sans nouvelle de mon homme depuis trois semaines, et je commençais à ressembler à un zombie.

— Tu es certain que le Conseil ne le séquestre pas ?

— Un procès demande du temps. Les archanges doivent analyser toutes les preuves et tous les témoignages. C'est délicat dans le cas de Nathanaël, car le Conseil est divisé en deux et la décision doit être unanime.

— Et Dieu ? Il ne peut pas intervenir ? Il doit savoir que Nath est innocent. Enfin, façon de parler.

— Les membres du Conseil ont toute sa confiance, *Il* n'interférera pas dans leur jugement.

Quelque chose me disait qu'Il attendait le verdict avec curiosité. Si ça se trouvait, Il suivait cette série depuis des siècles, comme un bon feuilleton, sous un plaid avec du popcorn.

— Je n'aurais pas dû le chatouiller avec cette histoire de coriandre, ronchonnai-je.

— Qu'est-ce que tu baragouines ?

— Rien, rien.

J'expulsai bruyamment l'air de mes poumons, sans parvenir à évacuer la boule de nerfs à la place de mon estomac. Emmurée dans le silence, j'observai les cieux jusqu'à la tombée de la nuit avant de retrouver la chaleur du chalet. Mes amis, installés autour de la grande table en bois, s'occupaient comme ils le pouvaient. Estelle profitait du télétravail pour avancer sur ses tâches — eh oui, malgré les derniers événements et la disparition « tragique » du PDG, les affaires continuaient de tourner aux éditions Educatio. Ruth surveillait Hariel, qui gardait lui-même un œil sur le faucheur. Parfois, j'aurais juré que le Traqueur avait un strabisme, car son œil droit glissait sur Estelle, et cette dernière affichait un léger sourire en coin. Je n'arrivais pas à démêler les sentiments dans le regard de Hariel, incapable de déterminer s'il ressentait de l'attirance ou de la méfiance. Un mélange des deux, peut-être.

Pour échapper à toute cette tension, je me réfugiai dans la cuisine ouverte, à la recherche d'une plaquette de chocolat au lait avec des éclats de nougatine. Mes doigts tremblaient sur l'aluminium à cause du manque. J'avais *faim*, mais refusais de me jeter sur Alex — et Hariel, bien sûr.

— Tu veux un coup...

Ma déesse intérieure partit au quart de tour. Je pivotai vers Ruth, qui me désigna la tablette de l'index.

— ... de main ? termina-t-il avec un air de canaille.

Je hochai la tête, puis lui confiai ma drogue alternative. Ma nature me rattrapait toujours, elle se montrait plus gourmande depuis la rupture du lien avec Nathanaël, comme si elle ne parvenait pas à combler son absence. Mon cœur, lui, en souffrait. Le chocolat ne fut même pas agréable sur ma langue, son goût n'était pas assez lubrique. *Pas assez Nathanaël.*

Fiévreuse de désir, je posai mon front sur le torse de Ruth avant de caresser ses hanches et son membre à l'étroit sous son pantalon. Une personne normale aurait dû ressentir de la honte de coucher avec le jumeau de sa meilleure amie, mais ce n'était pas mon cas. Ruth était un amant tout à fait acceptable et me permettait de tenir en l'absence de mon archange. Personne ne s'offusquait de mon comportement et, au fond, cette acceptation me permettait de mieux me tolérer.

— Tu es vraiment affamée, ces derniers jours.

Le ton de sa voix n'était pas indécent, mais plutôt inquiet.

— Tu n'as plus de jus ? T'as tout donné toute ton énergie à Alex ?

Ruth ricana doucement. Je préférais le taquiner plutôt qu'avouer que ma *faim* me réveillait même en pleine nuit. Mes angoisses pour Nathanaël devaient jouer sur mon métabolisme.

— J'en ai toujours pour toi, bébé.

Une grimace s'imprima sur mes lèvres à cet horrible surnom.

— C'est bon, tu as douché mes envies. Merci !

— À votre service, ma p'tite dame.

Un sourire naquit sur mes lèvres. J'étais loin d'être rassasiée, mais ma dose de chocolat me ferait tenir encore quelques heures sans devenir une bête assoiffée d'orgasmes. Ruth dans mon sillage, nous retournâmes dans le salon avec les autres. Hariel et Estelle s'observaient en chien de faïence, avant de détourner le regard lorsque le faucheur toussota sans discrétion. Je m'installai à côté de ma meilleure amie et m'obligeai à me concentrer sur son design créé pour notre service, plutôt que sur l'horloge de son ordinateur portable.

Alex quitta sa chambre pour nous rejoindre en compagnie de Liliah, dont les bras soutenaient le nephilim. Elle l'aida à s'installer avec précaution sur un des fauteuils marron avant de le caler avec des coussins. Ruth ne retint pas longtemps les mots qui lui brûlaient les lèvres :

— Ta tête ressemble moins à un pruneau, c'est bon signe.

— Merci, je suppose ?

Estelle dissimula — très mal — son amusement ; l'ange adressa un regard réprobateur à Ruth. Ce dernier haussa les épaules, comme s'il ne voyait pas où était le mal dans ses propos. Néanmoins, le faucheur disait vrai : Alex se remettait. Son visage encore tuméfié reprenait sa forme initiale et les marques sur son corps viraient au jaune. Sa douleur devenait mienne quand je le dévisageais trop longtemps. Ma rancœur mise de côté, je lui avais proposé à plusieurs reprises mon énergie bienfaitrice, mais il refusait mes propositions. Cherchait-il à se punir ou considérait-il mériter ce sort ? On ne l'entendait jamais se plaindre, sauf quand il était plongé dans un sommeil cauchemardesque. Je n'aimais pas l'idée qu'il se prépare à l'enfer qui l'attendait après la mort.

— Debbie ? m'appela Liliah.

Je voyais l'ange dans mon champ de vision, la boîte blanche qu'elle me tendait pour la troisième fois en deux jours.

— Oui ?

— Tu devrais le faire.

J'ignorai encore quelques instants le test de grossesse, mais impossible de passer à côté de la curiosité des jumeaux.

— Je veux attendre Nathanaël, m'entêtai-je.

— On ne sait pas quand il descendra et, si tu es enceinte, il faut prendre soin de toi.

Dans le fond, je savais. Je connaissais déjà la réponse. Ma *faim* grimpait de manière exponentielle, ce n'était pas une coïncidence. Difficile de gagner cette bataille face au sourire encourageant et bienveillant de Liliah. De mauvaise grâce, je saisis la boîte et expulsai mon deuxième soupir théâtral de la journée. La tête haute, je traversai le salon avant de me réfugier dans les toilettes. Je m'assis sur la cuvette, le test dans la main droite, les derniers carrés de chocolat dans l'autre.

Je ne m'étais jamais imaginé mère si jeune. Devrais-je être excitée, déballer le morceau de plastique et attendre avec impatience ? Mon estomac se contracta avec violence sous la vague d'angoisse. J'oscillai entre deux états, entre l'espoir d'entrevoir les deux barres positives et celui d'en obtenir une seule.

Le dernier carré chocolaté grignoté, je dégageai le plastique, ouvris la boîte puis préparai le test. Le pantalon et la culotte sur les chevilles, je regrettai d'avoir laissé le verre apporté par Liliah sur la table. Les quelques gouttes récoltées, je restai dans ma position, les yeux rivés sur la bande qui se colorait lentement. Trop lentement. *Allez !*

Barre.

Barre.

Une barre. Deux barres.

— Oh, merde !

La paume plaquée sur la bouche, mes larmes jaillirent sans prévenir. La porte s'ouvrit à la volée, et je sentis les mains d'Estelle sur mes poignets.

— Je suis enceinte, lui dis-je, abasourdie.

— Ma poulette, avec cette paire de boobs, personne n'en doutait. Même Hariel n'arrive plus à te regarder dans les yeux.

— Oh, merde !

Je suis enceinte.

— Ça va, Deb ?

— Je suis enceinte !

— Ouais...

Je parvins à m'arracher à la contemplation des deux traits pour m'ancrer au regard de ma meilleure amie.

— Tu vas être tata !

Un large sourire s'imprima sur son visage. Elle me prit dans mes bras, manquant de me faire tomber de la cuvette, le cul en l'air. L'euphorie me gagna, me faisant rire doucement. Estelle et moi restâmes dans cette position ; elle ne relâcha son étreinte à aucun moment. Je n'arrivais pas à croire ce qui m'arrivait. J'avais imaginé ce scénario de nombreuses fois, mais il y avait un écart encore théorie et réalité, entre le savoir et *savoir*. Je portais l'enfant d'un autre homme et, pourtant, ce fut évident que je le garderais. Ma vie était devenue un sacré bordel !

— Je vais me rhabiller, je commence à avoir froid aux fesses.

— Pour une fois, gloussa Estelle.

Elle n'avait pas tort ! Une fois libérée de ses bras, je réajustai mon jeans sur mes hanches, le test positif coincé entre mes doigts. Toujours fébrile, je quittai les toilettes et me retrouvai nez à nez avec mes amis dans le couloir. *Oh ! Les petits curieux.* Tour à tour, ils observèrent le test brandi devant leurs yeux.

— Je crois qu'on est censé féliciter les futurs parents, mais la situation est trop bizarre, dit le faucheur. Si tout se passe bien, il te reste moins de neuf mois à vivre, Alexandriel.

— En espérant que l'enfant soit bien de lui.

Cinq paires d'yeux se braquèrent sur Liliah.

— Vous allez vraiment m'obliger à faire un cours sur la reproduction ? Je ne pense pas me tromper en disant que tu as couché avec Nathanaël à ton retour, très proche de ta consommation du jus de l'arbre de la Vie. Donc...

— T'imagines si tu en portes un d'Alex et un de Nath ? s'exclama Estelle.

Cette idée semblait lui plaire, elle affichait un air rêveur.

— N'importe quoi, ce n'est pas possible. Hein, Liliah ?

— Avec l'arbre de la Vie... qui sait ?

Quelle est cette sorcellerie ? Mon existence n'était-elle pas assez compliquée ?

— Tant que tu mets au monde le cavalier, tu m'offres une chance de sauver ma fille, souffla Alex.

Quelque part, je trouvais toute cette histoire triste. La naissance de son enfant tuerait Alex. Et, en même temps, il pourrait tenter de sauver l'âme damnée de sa première née. Son destin était tout tracé dans le monde des vivants, mais restait à écrire de l'autre côté.

Je ne sus quoi répondre. Heureusement, Ruth avait les mots — pas toujours les bons.

— T'en fais pas, notre paternel a dû soudoyer les dernières sorcières de ce monde pour que la fécondation fonctionne. Et si vraiment ça a foiré, vous n'aurez qu'à remettre le couvert !

Euh...

— Quoi ? demanda-t-il, les sourcils froncés. J'ai dit une connerie ?

— Quand est-ce que tu n'en dis pas, exactement, faucheur ?

Cette voix. Tout le monde s'écarta contre le mur, dégageant la vue. Je ne vis plus que lui. Mon archange. Ses yeux magnifiques, sans une once d'obscurité. Comment avions-nous raté son entrée ? Il irradiait une énergie puissante et autoritaire.

— Nath ?

— Ma déesse.

En quelques enjambées, il réduisit l'espace entre nous. La seconde suivante, nos lèvres se scellèrent, et mes bras entourèrent sa nuque. Mon cœur bondit dans ma poitrine, tout comme ma déesse intérieure.

— J'étais tellement inquiète, lui dis-je entre deux baisers, sans le lâcher. Que s'est-il passé, là-haut ?

— De longues discussions avec mes pairs.

— Tu as gardé ton auréole.

Ce n'était pas une question, mais une constatation.

— Oui, j'ai été gracié.

— Oh ! Je vois.

Cette nouvelle me rendait heureuse pour lui, mais mon égoïsme gâcha ce sentiment. Je savais combien il tenait à ses ailes et à ses responsabilités, son rôle d'archange des Traqueurs. Un travail qui exigeait beaucoup de sa personne, un investissement total.

— Mais..., ajouta-t-il avec un sourire espiègle.

— Mais ?

— Je suis mis à l'épreuve.

Je m'y attendais. Les anges ne juraient que par leurs « épreuves », souvent impossibles. Je raffermis mon étreinte autour de lui. *Il faudra me l'arracher pour me le prendre !* Je le sentis rire doucement avant de déposer un baiser sur le haut de ma tête.

— On m'a officiellement nommé « ange gardien de la dernière nephilim ».

Ange gardien de... Je m'écartai à peine pour plonger dans ses iris scintillants.

— Sérieux ?

— Ai-je l'air de plaisanter ?

Cette affectation ne le contrariait pas, bien au contraire. Il affichait un air satisfait.

— On ne se débarrasse pas facilement de moi, ma déesse.

En réponse, je l'embrassai comme si ma vie en dépendait. Il n'était plus mon déchu, mais nous gardions un lien malgré tout, Nathanaël continuerait d'être mon protecteur. Quand ma déesse intérieure eut sa dose de baisers, je rendis sa liberté à l'archange.

— Je n'en attendais pas moins de toi, lui susurrai-je.

Nathanaël m'adressa un sourire carnassier qui m'émoustilla. Je me demandais tout de même si ce changement de nature impliquerait des modifications dans nos ébats, serait-il plus doux ou toujours aussi sauvage ? Il fallait que je m'en assure pour assouvir ma curiosité — et mon envie de lui. Cependant, son regard posé sur le test refroidit mes ardeurs. Je lui révélai le résultat et le laissai accueillir la nouvelle. Il prit le test entre mes doigts tremblants, puis le scruta longuement. Ses iris ne baignaient plus dans les ténèbres, mais elles n'exprimaient rien de ses sentiments pour autant. Au bout d'un moment, quelques étincelles s'allumèrent dans l'azur de ses yeux. Une lueur dangereuse, qui foudroya Alexandriel.

— Si la Mort ne t'emporte pas, fils d'ange, je te promets de t'envoyer directement en enfer sans passer par la case Éden.

— Étant donné ma situation, ce serait très magnanime de ta part, rétorqua Alex. J'accepte également la menace si le bébé est de toi.

— De moi ?

— Liliah pense que c'est possible, puisque nous avons couché ensemble à mon retour et que les effets de l'arbre de Vie devaient encore agir sur mon organisme, lui expliquai-je. En revanche, n'écoute pas Ruth et sa théorie de jumeaux de deux pères différents...

Nathanaël ne chercha pas à dissimuler son étonnement ni son intérêt pour mon ventre. *Rah !* Je rêverais d'être capable de lire dans ses pensées pour savoir ce que cette idée lui inspire.

— Soit, fils d'ange. Dans neuf mois, peu importe l'issue de la grossesse, je m'engage à trouver un moyen de mettre fin à ton existence.

Euh... L'accord fut scellé d'une poignée de main, pendant laquelle Alex manqua de perdre quelques doigts, vu la déformation de ses traits.

— Hou ! Je veux voir ça ! se bidonna Ruth.

— Quoi qu'il arrive, tu seras aux premières loges. Tu es le faucheur du paradis, lui rappela Estelle.

— Mh. S'il est damné, c'est toi qui auras le plaisir de rompre son lien de vie. On verra lequel de nous deux est appelé.

Les jumeaux échangèrent un regard complice sans se soucier de notre présence. Parfois, leurs conversations m'échappaient, mais elles n'offusquaient pas les deux anges présents. Quoique… Hariel affichait une mine crispée.

— Bref ! Et si nous allions fêter toutes ces bonnes nouvelles ? proposa Estelle.

— Je vous emprunte Debbie un instant, annonça Nathanaël. Nous vous rejoindrons après.

— Bah voyons ! À peine réunis depuis cinq minutes, et ça s'éclipse déjà pour s'envoyer en l'air.

Les paroles de ma meilleure amie me firent rougir. Nathanaël ne la contredit pas et ne se départit pas de son sourire en coin. *Oh, oh !* Allait-il répondre à mes interrogations silencieuses ? Je ne fis preuve d'aucune résistance lorsqu'il m'entraîna dans la chambre où nos corps s'étaient entremêlés pour la première fois.

Je m'assis sur le lit, dans l'expectative. Nathanaël prit place à mes côtés, puis se jeta à l'eau :

— J'aimerais t'offrir ceci.

Une magnifique rémige se matérialisa entre ses doigts. Elle était longue, sans accroc et d'une pureté incroyable. Ses paroles concernant les unions angéliques me revinrent en mémoire, et mon cœur chavira dans ma poitrine.

— Tu... tu es sûr ?

Je décrochai le regard de la plume blanche. Sa respiration profonde chatouillait l'objet de mon obsession. Je désirais la saisir, me l'approprier et m'assurer que l'archange m'appartienne.

— Je te veux toi, Debbie. Personne d'autre ne sera ma maîtresse, ma compagne et ma déesse. Quand je suis tombé, je t'ai confié une de mes plumes. Maintenant que je suis remonté, je souhaite réitérer mon geste. Peut-être aurais-je dû prendre exemple sur les humains et leurs parades nuptiales exagérées qu'ils appellent mariage, mais je suis trop impulsif pour attendre. En toute franchise, notre lien me manque, c'est une première étape pour le retisser. Je suis à toi, archange ou déchu, tu es celle que je choisis. Si tu l'acceptes, je t'aimerai, te chérirai et te protégerai jusqu'à la fin.

Nathanaël ne s'étendait jamais en paroles, il préférait les actes. Ces mots me touchèrent.

— Quelque chose me dit que tu le feras, même si je refuse.

Il afficha une moue contrariée avant de se détendre sous mon baiser amusé.

— Je te veux aussi, Nathanaël. Je te promets de ne pas la perdre, celle-ci.

Je connaissais la symbolique de ce présent, sa force et sa puissance. La plume représentait l'amour irréfutable que me portait l'archange, très pudique quand il s'agissait d'exprimer ses sentiments. Si j'étais un ange, je lui offrirais une de mes plumes sans hésitation. Il dut le lire dans mon esprit, car un sourire tendre s'imprima sur ses lèvres.

— Tu vas peut-être me faire le plus beau des cadeaux dans huit mois, car le faucheur a raison. Deux âmes grandissent en toi.

Oh mon Dieu! Je m'accrochai à Nath pour éviter de basculer sous le choc de cette nouvelle. Mon rythme cardiaque s'apaisa sous la caresse de l'archange, mais deux billes continuaient de s'entrechoquer dans ma tête creuse. *Deux âmes.*

— Je crois que je vais avoir besoin d'une autre tablette de chocolat.

— Avec ou sans archange ?

Rouuh !

— Avec, roucoulai-je. Toujours avec archange.

Remerciements

Ce roman ne serait rien sans ma collègue et amie, Estelle. Tu as été la première à lire l'histoire de Debbie et à croire en ce projet. Je suis heureuse d'écrire ces quelques lignes pour te remercier de ton soutien infaillible, de nos pauses passées à râler et notre grande question du matin : qu'allons-nous manger ce midi ?

Ambrose, tu as surpassé mes attentes avec cette couverture. Grâce à toi, Nathanaël a un torse ! Merci pour ton travail, de toujours répondre présent et d'échanger avec moi de longs messages (des pavés) entre deux manuscrits.

Merci à Lyn pour sa bêta-lecture et ses encouragements. Promis, j'écris rapidement la suite !

Je n'oublie pas Manu, ma deuxième lectrice. Même si la vie nous a éloignées, je pense à tes mots lorsque j'ouvre La dernière Nephilim. Tu as fait beaucoup pour moi, et je t'en suis reconnaissante. J'espère que tu auras l'occasion de replonger dans cette histoire et dans nos souvenirs.

Enfin, je te remercie, toi, qui lit les derniers mots de ce livre. Tu permets à Debbie et Nathanaël de prendre vie !

Pour suivre mes tribulations

Première possibilité, s'inscrire à ma newsletter mensuelle en flashant le QRcode ci-après :

Seconde option, me rejoindre sur Instagram :

@CharlizeWilson.dream

Je te dis à bientôt !

Charlize

www.ingramcontent.com/pod-product-compliance
Lightning Source LLC
LaVergne TN
LVHW050535160826
845677LV00011B/2047